KB113124

카타리나 블룸의 잃어버린 명예

Die Verlorene Ehre der Katharina Blum

DIE VERLORENE EHRE
DER KATHARINA BLUM

ODER: WIE GEWALT ENTSTEHEN UND
WOHIN SIE FÜHREN KANN

by Heinrich Böll

Copyright © 1974, 2002 by Verlag Kiepenheuer & Witsch, Köln
All rights reserved.

Korean Translation Copyright © 2008 by Minumsa

Korean translation rights arranged with
Verlag Kiepenheuer & Witsch through Momo Agency.

이 책의 한국어 판 저작권은 모모 에이전시를 통해
Verlag Kiepenheuer & Witsch와 독점 계약한 (주)민음사에 있습니다.

저작권법에 의해 한국 내에서 보호를 받는 저작물이므로
무단 전재와 무단 복제를 금합니다.

세계문학전집 180

카타리나 블룸의 잃어버린 명예

Die Verlorene Ehre der Katharina Blum

하인리히 뵐
김연수 옮김

민음사

차례

이 이야기에 나오는 인물들이나 사건은 자유로이 꾸며 낸 것이다.
저널리즘의 실태 묘사 중에 《빌트》지와의 유사점이 있다고 해도
그것은 의도한 바도 우연의 산물도 아닌, 그저 불가피한 일일 뿐이다.

1

아래의 보고를 위한 자료에는 몇 가지 부차적 원천(源泉)과 세 가지 주요 원천이 있다. 이들 자료의 원천은 여기 처음에서 한 번 언급하고, 이후에는 더 거론하지 않겠다. 주요 원천은 경찰의 심문 조서, 후베르트 블로르나 변호사, 그리고 그의 고등학교 친구이자 대학 동창인 페터 하흐 검사다. 하흐 검사는 심문 조서, 수사 당국의 조치들과 수사 결과들을, 아직 정식으로 문서화되지 않았을 경우에 한해 보충해 주기도 했다. 물론 비밀리에. 반드시 덧붙여 말해 둘 것은 보충해 준 자료는 공적으로가 아니라 사적으로만 사용하도록 했다는 것이다. 왜냐하면 친구 블로르나의 고민이 정말로 그의 마음에 와 닿았기 때문이다. 블로르나 스스로는 이 사건의 전모를 완전히 밝힐 수는 없지만 그래도 "잘 생각해 보면 설명하지 못할 것도 없고, 심지어는 논리적으로까지 설명할 수 있을 거라고" 보고 있었던 것이다. 카타리나 블룸 사건은 그 피고인의 태도나 그녀의 변호사 블로르나 박사의 몹시 난처한 입장을 놓고 볼 때 이래저래 얼마간은 허구적인 면이 있을 것이기에, 하흐가 범한 것과 같은 자잘하고 지극히 인간적인 부정은 어쩌면 이해될 수 있을 뿐만 아니라 용서받을 수도 있을 것이다. 부차적 원천들의 경우, 그중 몇 가지는 큰 의미를 지니지만, 다른 것들은 아주 미미한 수준이어서 여기서 굳이 언급할 필요가 없다. 이것들의 연루, 뒤엉킴, 관련성, 편파성, 놀라움 및 진술이 이 보고에서 저절로 밝혀지기 때문이다.

2

여기에서 지나치게 원천 운운해서 이 보고가 때때로 '물 흐르는' 듯이 느껴진다면, 그에 대해 양해를 구한다. 그것은 어쩔 수 없는 것이었다. '원천들'이니 '흐름'이니 하면서도 '구성'이라는 말을 할 수는 없다. 어쩌면 그 대신 집결이라는 개념(외래어로는 컨덕션[1]이라는 단어를 제안할 수 있겠다.)을 사용해야 할 것이다. 이 개념은 어린 시절 (혹은 어른이 되어서도) 웅덩이를 가지고, 그 안팎에서 놀아 본 적이 있는(웅덩이들을 파고, 물

1) Konduktion. 열전도를 이용한 온수난방 장치를 가리키는 용어로 주로 사용되는데, 여기서는 '흐름의 유도' 정도의 의미다.

길들을 서로 연결해 웅덩이를 비우기도 하고, 물길을 옆으로 돌리거나 다른 쪽으로 바꾸어서, 마침내 가지고 놀 수 있는 웅덩이의 물 전부를 하나로 모아 흐르게 해 본 적이 있는) 사람이라면 누구나 분명하게 이해할 것이다. 이는 모든 물을 더 낮은 곳으로 흘러내리게 하거나, 가능하다면 규칙대로 혹은 순리대로, 당국에서 만들어 놓은 하수관이나 배수관으로 올바르게 이끌기 위해서였다. 그러니까 여기서 의도하는 바는 다름 아닌 일종의 배수 혹은 물 빼기 작업이다. 명명백백한 정리 과정이다! 그러니까 이 이야기가 때때로 수면 차이나 수면 조절이 필요한 흐름을 타게 되더라도, 관대히 이해해 주길 바란다. 아무래도 흐름의 중단, 흐름의 정체, 모래의 퇴적, 유도 작업의 실패, "함께 흐를 수 없는" 원천들, 게다가 지하의 흐름들도 있기 때문이다.

3

여기서 한 번쯤 언급되어야 할 사건은 끔찍한 것들이다. 1974년 2월 20일 수요일, 여성 카니발[2)] 전날 밤, 어느 도시에서 스물일곱 살의 젊은 여자가 저녁 6시 45분경 누군가가 주최하는 댄스파티에 참석하기 위해 집을 나선다.

나흘 후, 사건이 드라마틱하게—정말로 그렇게 표현해야만

---

2) 라인 지방에서 매년 11월 11일 11시 11분 11초에 시작하는 카니발 기간 중 마지막 날인 재의 수요일 이전 주의 목요일에 열리는 행사로 이날만큼은 여성들이 주도권을 잡는다.

한다.(여기서 흐름을 가능하게 하는, 부득이한 수면 차이들이 지적된다.)—전개된 이후, 일요일 저녁 거의 비슷한 시간에(좀 더 정확히 말하자면 저녁 7시 4분경에) 그녀는 발터 뫼딩 경사의 집 초인종을 누른다. 그는 마침 사적인 이유가 아닌 직무상 아랍 족장으로 변장하고 있던 참이다. 그녀는 놀란 뫼딩에게 조서를 작성하라며 진술한다. 자신이 낮 12시 15분경 자기 아파트에서 베르너 퇴트게스 기자를 총으로 살해했으며, 뫼딩이 아파트 문을 부수고 들어가서 그를 "데려갈" 수 있을 거라고 했고, 그녀 자신은 12시 15분에서 저녁 7시까지 후회의 감정을 느껴 보기 위해 시내를 이리저리 배회했지만, 조금도 후회되는 바를 찾지 못했노라고. 그리고 그녀는 자신을 체포해 주길 부탁하며, "사랑하는 루트비히"가 있는 그곳에 자신도 기꺼이 있고 싶노라고 말한다.

뫼딩은 여러 차례의 심문으로 이 젊은 여자를 알고 있었고 그녀에 대해 어느 정도 동정심을 느끼고 있던 터라, 한순간도 그녀의 진술을 의심하지 않는다. 그는 그녀를 자신의 차에 태워 경찰서로 데려가 상관인 바이츠메네 수사과장에게 보고하고, 젊은 여자를 유치장에 넣으라고 지시한 후, 15분 뒤 그녀의 아파트 문 앞에서 바이츠메네와 만난다. 훈련을 잘 받은 대원들이 문을 부수고 들어가 그 젊은 여자의 진술이 사실임을 확인한다.

여기서 피에 대해 너무 많이 이야기해서는 안 된다. 단지 부득이한 경우의 정도 차이는 불가피하다. 그러니 이런 광경에 관해서는 텔레비전과 영화, 혹은 이런 종류의 공포물과 뮤지

컬을 참조하기 바란다. 여기에서 무언가가 흐르고 있어야 한다면, 그건 피가 아니다. 아마도 약간의 채색 효과만 내야 할 것이다. 퇴트게스는 다 해진 침대 시트를 되는 대로 어설프게 재단해 만든 아랍 족장의 옷을 입은 채 총을 맞고 죽어 있었다. 그러나 순백의 바탕 위의 새빨간 피가 어떤 효과를 내는지는 누구나 알고 있다. 이때 권총은 필연적으로 거의 총 모양의 분무기이고 의상은 캔버스와도 같기에, 여기서는 배수 시스템보다는 현대 회화나 무대 장치에 더 가깝다. 그렇다. 그것은 그러니까 사실이다.

4

축제 분위기로 술렁이는 이 도시 서쪽 숲에서 재의 수요일에야 역시 총에 맞은 사진기자 아돌프 쇠너의 시체가 발견되자 한동안 그도 블룸의 희생자일 가능성을 배제할 수 없었으나, 증거 불충분으로 밝혀졌다. 후에, 그러니까 어느 정도 순차적으로 사건의 경과를 따져 보았을 때, '증거 불충분'으로 여겨졌다. 나중에 어느 택시 기사가 역시 아랍 족장 차림의 쇠너를 안달루시아 여자처럼 차린 젊은 여자와 함께 바로 그 숲으로 데려다주었다고 진술했다. 그런데 퇴트게스는 이미 일요일 정오에 피살되었지만, 쇠너는 화요일 정오에 피살되었다. 퇴트게스 옆에서 발견된 범행 도구가 절대 쇠너를 죽일 때 사용한 무기일 수는 없음을 일찍이 밝혀냈음에도 불구하고, 수사 당국은 한동안 블룸에게 혐의를 두고 있었다. 바로 동기 때문이었다. 그녀가 퇴트게스에게 복수할 이유가 있었다면, 쇠너에게 복수할 이유도 최소한 그 정도는 있었다. 그러나 수사 당국이 볼 때 블룸이 두 자루의 권총을 소지했을 가능성은 아주 희박했다. 범행 당시 블룸은 냉정하고 영리하게 일을 처리했다. 나중에 쇠너도 살해했느냐는 질문을 받았을 때, 그녀는 미심쩍은 반문으로 대답을 대신했다. "네. 그를 죽이면 왜 안 되나요?" 그러나 이후 경찰은 쇠너 살해 혐의를 그녀에게 두지 않기로 했다. 특히 알리바이 조사로 그녀는 거의 확실하게 혐의를 벗을 수 있었다. 카타리나 블룸을 이미 알고 있었거나 조사 과정에서 그녀의 성격을 알게 된 사람들 중, 그녀가 쇠너를 살해했다면 분명히 자백했을 것임을 의심하는 자는 아무도 없었다. 그 남녀 한 쌍을 숲("숲이라기보다는 차라리 황량해진 덤불밭이라고 하는 편이 맞을걸요."라고 택시 기사가 말했다.)으로 태워다 준 운전사는 아무튼 블룸의 사진을 알아보지 못했다. "맙소사, 이렇게 예쁜 갈색 머리의 젊은 것들, 키는 163에서 168센티미터쯤 되고 날씬한 데다가 스물넷에서 스물일곱 살쯤 먹은 젊은 것들 때문에 수십만 명이 여기 카니발을 돌아다니는 거겠지요." 그가 말했다.

쇠너의 아파트에서는 블룸의 어떠한 흔적도, 안달루시아 여인에 대한 어떠한 암시도 발견하지 못했다. 쇠너의 동료나 지인들이 알고 있던 것은 단지 그가 화요일 정오경에 기자들이 모였던 술집에서 "어떤 앵앵거리는 여자와 함께 사라졌다"는 것뿐이었다.

5

새로운 유머를 만들어 냈다고 으스댈 만한 와인 판매업자이자 샴페인 회사 대표인 한 고위급 카니발 위원은 이 두 살인 사건이 월요일과 수요일에야 알려졌다는 것을 그나마 다행스럽게 생각하는 듯했다. "흥겨운 카니발 초반에 그런 일이 일어나면 분위기나 장사는 끝장이지요. 가장(假裝) 놀이가 범죄 행위에 악용된다는 말이 돌면, 분위기는 당장에 잡치는 거고 장사도 망치는 거죠. 그건 진짜 신성모독입니다. 맘 편히 풀어져 놀고 즐기는 데는 신뢰가 필요하죠. 그게 기본이에요."

6

《차이퉁》[3]지는 자사 기자들에게 일어난 두 건의 살인 사건이 알려지자 상당히 유별난 태도를 취했다. 광적인 흥분! 대서특필. 1면 기사. 호외 발행. 통례를 벗어난 크기의 부고. 피살 사건이란 어디서나 늘 일어나는 것인데도, 마치 저널리스트 살인 사건은 뭔가 특별한 것인 양, 은행장이나 은행원 혹은 은행 강도 살인 사건보다 더 중요하기라도 한 것처럼 말이다.

여기서 언론의 과잉 반응에 대하여 언급해야겠다. 《차이

---

3) '신문'을 뜻하는 일반명사지만, 이 소설에서는 어느 일간지의 고유명으로 쓰인다.

퉁》뿐만 아니라 다른 신문들까지도 실제로 한 저널리스트의 피살 사건을 특별히 더 나쁜, 특히 경악스럽고, 거의 장엄하기까지 한, 그러니까 종교 의식적인 살해와 같은 수준으로 다루고 있기 때문이다. 심지어 "자기 직업의 희생자"라고도 했고, 또한《차이퉁》지는 쇠너도 당연히 블룸의 희생자일 거라는 시각을 고집스럽게 견지하고 있었다. 퇴트게스가 저널리스트가 아니라 제화공이나 제빵업자였다면 아마도 살해되지 않았을 거라는 점은 인정해야 할지라도, 직업 때문에 살해당했다고 말하지는 않는 편이 더 나았으리라는 것을 생각했어야 했다. 왜냐하면 블룸같이 영리하고 거의 냉정하다고 할 정도의 사람이 왜 살인을 계획하고 실행에 옮겼는지, 왜 자기 자신이 만들어 낸 결정적인 순간에 권총을 잡았을 뿐만 아니라 방아쇠를 당기기까지 했는지의 문제를 앞으로 설명해야 하기 때문이다.

7

이러한 극도로 낮은 수면에서 바로 다시 좀 더 높은 단계로 가 보자. 피에 관한 이야기는 그만하고 언론의 흥분은 잊기로 하자. 그사이에 카타리나 블룸의 아파트는 깨끗이 치워졌다. 사용할 수 없게 된 카펫은 쓰레기 더미 위에 버려지고, 가구들은 닦여서 제자리에 놓였다. 이 모든 것이 블로르나 박사가 제안하고 비용을 들여서 이루어졌다. 그녀의 자산관리인이 될지는 아직 불확실하지만 블로르나는 친구 하흐를 통해 이에 대한 권한을 위임받았던 것이다.

어쨌거나 카타리나 블룸은 총 시세 10만 마르크짜리 아파트에 5년 동안 현금 6만 마르크를 투자했는데, 현재 경미한 금고형으로 복역 중인 그녀의 오빠가 표현했듯이 "손에 꽉 쥔 것을 먼지 털듯 털어 내게" 생겼다. 그렇지만 이후에 누가 나머지 4만 마르크의 상환과 그 이자에 대해 책임지겠는가. 설사 아파트 값이 적잖이 오르리라는 것을 계산에 넣는다 해도 말이다. 자산뿐만 아니라 부채도 남아 있다.

여하간 퇴트게스는 이미 오래전에 매장되었다.(많은 사람들이 확인했듯이 터무니없는 비용을 들여서.) 쇠너의 죽음과 장례는 기이하게도 그만큼의 치장이나 주목을 받지 못한 채 치러졌다. 왜였을까? 그는 "자기 직업의 희생자"가 아니라, 아마도 질투극의 희생자였기 때문이었을까? 아랍 족장의 복장과 권총(08구경)은 증거 보관실에 있고, 이 권총의 출처를 아는 사람은 블로르나뿐이다. 경찰과 검찰이 이를 알아내려고 애썼지만 헛수고였다.

8

문제의 나흘 중 처음 며칠에 대해서는 블룸의 행적에 관한 조사가 잘 되어 갔지만, 일요일에 이르자 꽉 막혀 버렸다.

블로르나가 수요일 오후 카타리나 블룸에게 주당 280마르크의 임금 2주 치 전액을, 즉 그 주와 다음 주의 임금 전액을 직접 건넸다. 그날 오후 부인과 함께 겨울 휴가를 떠나기 때문이었다. 카타리나는 블로르나 부부에게 자신도 마침내 휴가도 갖고 싶고 카니발 기간 동안 즐기고도 싶어 예년과 달리 이 시기의 시즌 아르바이트는 하지 않겠노라 약속했을 뿐만 아니라 맹세까지 했다. 그녀는 그날 저녁 자신의 대모이자 친구이며 가장 신뢰하는 엘제 볼터스하임의 집에서 열리는 작은 댄스파티에 초대받아 무척 기쁘다고, 오랫동안 춤출 기회가 없었다면서 블로르나 부부에게 좋아라 하며 전했다. 그 이야기를 들은 블로르나 부인이 그녀에게 이렇게 말했다고 한다. "기다려 봐, 카타리나. 우리가 돌아오면 다시 파티를 열자. 그러면 너도 다시 춤을 출 수 있을 거야." 카타리나는 이 도시에 산 이래, 그러니까 오륙 년 전부터 쉽게 춤추러 갈 만한 곳이 없다고 자주 불평을 했다. 그녀가 블로르나 부부에게 이야기했듯이, 그 도시에는 항시 욕구 불만인 대학생들이 돈을 받지 않는 창녀를 찾는 술집이나 자유분방한 보헤미안 풍의 술집이 있기는 했지만 그런 곳 역시 그녀에겐 너무 난잡하게 느껴졌으며, 종교 단체에서 열리는 댄스파티는 솔직히 싫었다.

조사에서 금방 드러났듯이, 수요일 오후 카타리나는 히페르츠 부부 집에서 두 시간 더 일을 했다. 이따금 그 집에서 부르면 가서 일을 도와주곤 했다. 히페르츠 부부 역시 카니발 기간 동안 이 도시를 떠나 렘고에 있는 딸에게 가기 때문에, 카타리나는 이 노부부를 자신의 폴크스바겐으로 역까지 모셔다 드렸다. 엄청난 주차난에도 불구하고 그녀는 고집을 부려, 그들을 플랫폼까지 전송하고 짐을 들어다 주었다. ("돈 때문이 아닙니다. 아니에요. 그런 호의에 대한 대가로 우리가 뭔가를 줄 수 있는 것이 아니지요. 그랬다가는 그녀가 크게 상처받을 겁니다."라고 히페르츠 부인이 설명했다.) 확인된 바와 같이 기차는 오후 5시 30분에 떠났다. 떠들썩한 카니발이 시작된 가운데 카타리나가 차를 찾는 데 오 분에서 십 분, 시 외곽 주택지에 위치한 아파트까지 가는 데 또 이십 분 혹은 이십오 분을 인정하여 그녀가 저녁 6시에서 6시 15분 사이에야 비로소 아파트에 들어갈 수 있었다고 치고, 게다가 씻고 옷을 갈아입고 뭔가를 먹었다는 것을 제대로 인정한다면 단 일 분도 빈 시간이 없었다. 왜냐하면 그녀는 이미 저녁 7시 25분에 볼터스하임 부인 집에서 열리는 파티에 모습을 나타냈기 때문이다. 게다가 그곳까지 자동차가 아니라 전철을 타고 왔다. 그녀는 베두인 여자로도 안달루시아 여자로도 분장하지 않았고 그저 머리에 빨간 카네이션을 꽂고 빨간 스타킹과 구두를 신었으며, 벌꿀 빛깔의 중국 허난산 실크로 된 블라우스를 목까지 여미고, 같은 색깔의 평범한 트위드 스커트를 입었다. 카타리나가 파티에 차를 타고 왔는지 전철을 타고 왔는지는 그리 중요하지 않다고 생각할 수도 있겠지만, 여기서는 꼭 언급하고 넘어가야 한다. 왜냐하면 수사 과정에서 대단히 중요한 의미를 지녔기 때문이다.

9

그녀가 볼터스하임의 집에 발을 들여놓은 순간부터 수사는 쉬워졌다. 카타리나는 전혀 눈치 채지 못했지만, 저녁 7시 25분부터 그녀는 경찰의 감시 하에 있었기 때문이다. 그날 밤 내내, 저녁 7시 30분에서 밤 10시까지, 그러니까 루트비히 괴텐이라는 자와 그 집을 떠나기 전까지 그녀는 "오직" 그 남자하고만 "진심으로" 춤을 추었다. 나중에 그녀 자신도 그렇게 진술했다.

10

하흐 검사에게 감사를 표하는 것을 잊어서는 안 되겠다. 블룸이 괴텐과 함께 볼터스하임의 집을 떠나는 순간부터 에르빈 바이츠메네 수사과장이 볼터스하임과 블룸의 집 전화를 도청하라는 지시를 내렸다는, 추문에 가까운 법조계 내부 소문을 들을 수 있었던 것은 오로지 그 덕분이기 때문이다. 그런 소문을 듣게 된 경로는 여기서 언급할 만한 가치가 있을 것이다. 바이츠메네는 그런 경우 상부에 전화를 걸어 "또다시 도청기가 필요합니다. 이번엔 두 군데입니다."라고 말했다.

11

분명히 괴텐은 카타리나의 집에서 전화를 하지 않았다. 아무튼 하흐는 그것에 대해 들은 바가 없다. 확실한 것은, 카타리나의 아파트가 철저하게 감시되었다는 점이다. 목요일 오전 10시 30분까지 전화 통화도 없고 괴텐이 아파트를 떠나지도 않자, 불안해진 바이츠메네는 더 참지 못하고 중무장한 경찰관 여덟 명을 데리고 그녀의 아파트를 덮쳤다. 철두철미한 경계 태세를 취하면서 안으로 들이닥쳐 샅샅이 수색했지만, 괴텐은 발견하지 못했다. 집에는 "긴장을 풀고 아주 편안해 보이는, 행복해 보이기까지 한" 카타리나밖에 없었다. 그녀는 부엌 싱크대 옆에 기대서서 큰 머그잔으로 커피를 마시면서 버터와 꿀을 바른 하얀 빵을 한 입 베어 물고 있었다. 그녀는 전혀 놀라지 않았고, "의기양양하지는 않아도" 태연해 보였다는 점에서 의심을 받았다. 그녀는 속에 아무것도 입지 않고 마거리트 꽃문양이 수놓인 초록색 면 목욕 가운만 걸치고 있었다. 괴텐이 어디 있느냐는 바이츠메네 수사과장의 질문에 블룸은 그가 언제 아파트를 떠났는지 모른다고 대답했다. 9시 30분에 잠에서 깼고, 일어나 보니 그는 벌써 가고 없었다는 것이다. "작별 인사도 하지 않고?" "네."

12

이 대목에서 논란의 여지가 아주 많은 바이츠메네의 질문에 대해 들어 보아야 한다. 하흐는 그 질문을 농담처럼 전했다가 취소하더니, 나중에 다시 한 번 이야기를 꺼냈다가 또다시 철회했다. 블로르나는 이 질문을 중요하게 생각한다. 왜냐하면 바이츠메네가 정말 카타리나에게 그런 질문을 했다면, 다른 곳이 아닌 바로 이 대목에서 그녀가 불쾌감, 수치, 그리고 분노를 느끼기 시작했을 거라고 생각하기 때문이다. 블로르나와 그의 부인은 카타리나 블룸이 성적인 면에서 지나칠 정도로 예민하고 거의 결벽에 가깝다고 진술하고 있기 때문에, 확실하게 잡았다고 생각한 괴텐이 사라져서 아주 화가 나 있던 바이츠메네가 논란의 여지가 있는 질문을 던졌을 가능성에 대해 여기서 깊이 생각해 보아야 한다. 그러니까 매혹적일 정도로 태연스레 싱크대에 기대서 있는 카타리나에게 바이츠메네가 물었다고 한다. "그자가 너랑 붙어먹었지?" 그러자 카타리나는 낯을 붉히면서도 당당하게 말했다고 한다. "아니요. 나라면 그런 식으로 표현하지 않을 겁니다."

만일 바이츠메네가 이런 질문을 던졌다면, 그 순간부터 그와 카타리나 사이에는 어떤 종류의 신뢰감도 생길 수 없었다고 단정할 수 있다. 그러나 비록 "그리 나쁜 사람은 결코 아니라고" 생각되는 바이츠메네가 신뢰 관계를 만들려고 분명히 노력했음에도 실제로 그 둘 사이에 어떤 신뢰도 형성되지 못했다는 사실을, 그가 그런 재수 없는 질문을 했다는 결정적인 증거로 간주해서는 안 될 것이다. 아무튼 가택수사에 동행했던 하흐는 지인들과 친구들 사이에서 "호색꾼"으로 통한다. 그러니 아주 매력적인 블룸이 흐트러진 옷차림으로 싱크대에 기대 있는 모습을 보았을 때, 그런 음탕한 생각이 그 자신의 뇌리를 스쳐 지나갔을 수도 있고, 그가 기꺼이 이런 질문을 던지거나 혹은 그렇게 거칠게 표현된 행위를 기꺼이 그녀와 해 보고 싶었을 수 있다.

13

곧이어 경찰은 아파트를 철저히 수색했고, 몇 가지 물건, 특히 서류들을 압수했다. 카타리나 블룸은 욕실에 들어가 플레처 여경이 보는 앞에서 옷을 입어야 했다. 그런데도 욕실 문을 완전히 닫지 못하게 했다. 그 문 앞을 무장한 경찰 두 명이 삼엄하게 감시하고 있었다. 경찰은 카타리나가 핸드백을 들고 가는 것을 허락했다. 구속 가능성을 배제할 수 없었기 때문에 잠옷, 화장품 케이스, 읽을거리를 가져갈 수 있게 해 주었다. 그녀의 집에서 발견된 책은 연애소설 네 권, 탐정소설 세 권, 나폴레옹과 크리스티나 스웨덴 여왕의 전기가 전부였다. 책은 모두 어느 북클럽에서 모은 것이었다. 그녀는 계속 "하지만 왜, 도대체 왜 이러는데요, 대체 내가 뭘 잘못했다는 거죠?" 하고 물었고, 결국 플레처 여경이 공손하게 그녀에게 이야기해 주었다. 루트비히 괴텐은 오랫동안 수배 중인 강도로, 은행 강도임은 거의 확실하고 살인과 그 밖의 다른 범죄의 혐의를 받고 있다고.

14

오전 11시경 마침내 심문을 위해 카타리나 블룸을 아파트에서 연행할 때, 결국 그녀에게 수갑은 채우지 않기로 했다. 바이츠메네는 수갑을 채우라고 고집하는 경향이 있었으나, 플레처 여경과 자신의 조수 뫼딩과 함께 잠깐 대화를 나눈 후 그러지 않기로 결정했다. 이날은 여성 카니발이 시작되는 첫날이라 아파트 주민들 다수가 출근하지 않고 집에 머물렀으며, 해마다 이맘때면 열리는 사투르누스 축제 풍의 야외 퍼레이드나 파티 등에는 아직 가지 않은 터여서, 이 10층짜리 아파트의 주민들 중 30여 명은 외투 차림으로 혹은 아침 가운이나 목욕 가운 차림으로 로비에 있었고, 사진기자 쇠너가 엘리베이터 앞에서 불과 몇 걸음 떨어진 곳에 서 있었기 때문이다. 그런 와중에 카타리나 블룸이 바이츠메네와 뫼딩을 양옆에 두고 무장 경찰들의 엄호를 받으며 엘리베이터에서 나왔다. 그녀는 정면에서, 뒤에서, 옆에서 수차례 카메라 세례를 받았다. 그녀는 부끄럽고 당혹스러워 자꾸 얼굴을 가리려 했고, 그 와중에 그녀의 핸드백, 화장품 케이스 그리고 두 권의 책과 필기도구가 들어 있는 비닐봉지와 부딪히면서 머리가 헝클어지고 표정은 불쾌하게 일그러졌다. 그리고 그대로 사진에 찍혔다.

15

반시간 뒤, 그녀가 자신의 권리를 전해 듣고 다시 옷매무새를 고친 후, 바이츠메네, 뫼딩, 플레처 부인, 코르텐 검사와 하흐 검사 앞에서 심문이 시작되었고, 그 내용이 기록되었다. "내 이름은 카타리나 브레틀로이고, 결혼 전 성은 블룸입니다. 나는 1947년 3월 2일 쿠이르 지방의 마을 게멜스브로이히에서 태어났습니다. 아버지 페터 블룸은 광부였습니다. 내가 여섯 살 때, 아버지는 전쟁 중에 얻은 폐병으로 서른일곱 살의 나이에 세상을 떠났습니다. 전쟁이 끝난 후에 다시 편암광산에서 일했기 때문에 진폐증에 걸렸을 수도 있습니다. 아버지가 죽은 후 연금공단과 광산조합 간 의견이 일치하지 않아 어머니는 연금 문제로 속을 태웠지요. 나는 아주 어릴 때부터 집안일을 해야 했습니다. 아버지가 자주 편찮으셨고 그만큼 수입이 줄어 어머니가 이런저런 청소 일을 다녀야 했기 때문입니다. 학교 생활에는 전혀 어려움이 없었습니다. 비록 학기 중에도 집안일을 많이 해야 했고, 집에서는 물론 이웃집과 다른 마을에 사는 사람의 집에서도 빵을 굽거나 요리를 하고 저장 음식을 담거나 가축을 잡는 일을 도왔어도 말입니다. 난 정말 집안일을 많이 했고 추수 때도 일을 거들었습니다. 1961년 학교를 졸업한 후에는 대모인, 쿠이르 출신 엘제 볼터스하임 부인의 도움으로 그곳 게르버 씨의 정육점에서 가정부 일자리를 얻었습니다. 거기에선 이따금 판매 일도 도와야 했습니다. 1962년에서 1965년까지는 대모인 볼터스하임 부인의 도움과 경제적

후원으로 그녀가 교사로 일하고 있던 쿠이르 생활과학아카데미에 다녔고, 아주 좋은 성적으로 졸업했습니다. 1966년에서 1967년까지 이웃 도시 오프터스브로이히에 있는 쾨실러 사(社)에 부속된 종일반 유치원에서 관리인으로 일했고, 그 후에는 의사인 클루텐 씨 댁에서 가정부로 일했어요. 그 집도 오프터스브로이히에 있었는데, 그 집에서 지낸 기간은 딱 1년입니다. 박사님이 자꾸 치근댔고 클루텐 부인이 그걸 견디지 못했기 때문입니다. 나도 그렇게 치근대는 것이 싫고 역겨웠습니다. 1968년, 몇 주 동안 일자리를 찾지 못해 집에서 어머니를 돕고, 이따금 게멜스브로이히 타악기 클럽 회원들이 모임을 갖거나 볼링을 치는 저녁에 도우미 일을 했는데, 그때 오빠 쿠르트 블룸을 통해 방직공인 빌헬름 브레틀로를 알게 되었고 몇 달 후에 그와 결혼해 게멜스브로이히에서 살았습니다. 그곳에서 나는 소풍 나온 사람들의 왕래가 많은 주말에 가끔 음식점 클로오그에서 주방 보조 일도 했고, 때로는 홀서빙을 하기도 했습니다. 결혼 생활 반년 후 벌써 나는 남편에게 혐오감을 느꼈고 그것을 극복하기는 힘들었습니다. 그 점은 더 자세히 진술하고 싶지 않습니다. 나는 남편을 떠나 도시로 갔어요. 고의로 가출했다는 이유로 나는 이혼의 책임을 졌고 처녀 시절의 성을 다시 쓰기 시작했습니다. 나는 우선 볼터스하임 부인 댁에 머무르다가 몇 주 후에는 회계사인 페너른 씨 댁에서 기거하면서 관리인 겸 가정부로 일하게 되었습니다. 페너른 박사님은 나에게 야간 강습 및 평생 교육 과정을 다니도록 허락해 주었을 뿐 아니라 국가가 공인한 가정관리사 자격증

시험을 볼 수 있도록 해 주었습니다. 박사님은 매우 친절했고 아주 아량이 넓었습니다. 시험을 치른 후에도 나는 그 집에 머물렀습니다. 1969년 말, 페너른 박사님은 회계 업무를 담당했던 대기업들의 엄청난 탈세 사건에 연루되어 구속되었습니다. 연행되기 전에 박사님은 석 달 치 월급이 들어 있는 봉투를 주면서 사법 처리 후에도 계속 집안일을 봐 달라고 부탁했으며, 금방 돌아올 거라고 했습니다. 나는 한 달간 더 머물면서 세무공무원의 감시 하에 박사님의 사무실에서 일하는 직원들을 보살피고, 집 안 청소는 물론이고 정원 손질도 했고, 세탁까지 신경 썼습니다. 나는 유치장에 있는 페너른 박사님에게 항상 깨끗한 속옷을 가져다주었고, 먹을 것, 특히 쿠이르에 있는 게르버 씨 정육점에서 배운 대로 아르데넨 고기 만두를 만들어 가져다주기도 했습니다. 나중에 사무실은 문을 닫았고, 집은 차압당했습니다. 난 내 방을 비워 주어야만 했지요. 페너른 박사님의 횡령과 위조 죄가 입증되었던 모양입니다. 박사님은 정말 교도소에 수감되었고, 나는 교도소로 계속 찾아갔습니다. 나는 박사님에게 빚지고 있는 두 달 치 월급을 돌려주고 싶었습니다. 박사님은 그것을 완강하게 거절했습니다. 그러고 나서 곧바로 페너른 박사님을 통해 알게 된 블로르나 박사 부부의 집에서 일하게 되었습니다.

블로르나 가족은 이 도시 남쪽, 전원주택지에 있는 빌라에 살고 있습니다. 나에게도 그곳에 거처를 제공하겠다고 했지만, 거절했습니다. 나도 이젠 독립적으로 살아 보고 싶었고, 좀 더 자유롭게 일해 보고 싶었기 때문입니다. 블로르나 부부는 나에게 무척 호의적으로 대해 주었습니다. 큰 건축설계사무소에서 일하는 블로르나 부인은 내가 남쪽 위성도시의 아파트, 그러니까 '강가에서 우아하게 살자'라는 모토로 광고하던 아파트를 장만할 수 있도록 도와주었습니다. 블로르나 박사님은 산업체 변호사이고, 부인은 건축설계사여서 아파트를 장만하는 일에 능통했습니다. 나는 방 두 개에 부엌과 욕실이 딸린 9층의 아파트를 장만할 경우 대출금, 이자, 상환에 관한 문제를 블로르나 박사님과 함께 따져 보았지요. 나한테 그동안 저축해 둔 7000마르크 정도가 있었고 블로르나 부부가 3만 마르크 신용대출에 보증을 서 주었기 때문에, 1970년 초에 아파트에 입주할 수 있었습니다. 초기에 내가 매달 부담해야 할 최소 금액이 대략 1100마르크에 달했지만, 블로르나 부부가 월급을 계산할 때 내 식대를 포함시키지 않았고, 심지어 매일 먹고 마실 것을 슬쩍슬쩍 쥐여 주어서, 나는 아주 절약하며 살 수 있었고 처음에 생각했던 것보다 훨씬 더 빨리 대출금을 상환할 수 있었습니다. 나는 4년 전부터 그 집의 가계와 가사를 독자적으로 맡아 오고 있습니다. 근무 시간은 아침 7시부터 오후 4시 30분경까지입니다. 그동안 이런저런 집안일을 하고 청소를 하고 장을 보고 저녁 준비를 합니다. 집 안의 모든 세탁과 속옷 관리도 맡아 합니다. 오후 4시 30분에서 5시 30분까지 한 시간은 내 볼일을 보는 데 쓰고, 그러고 나서는 보통 한 시간 삼십 분에서 두 시간 정도 정년퇴직한 히페르츠 부부 댁에서 일합니다. 토요일과 일요일에 일을 하면 두 집에서 추가 보수를 받습니다. 시간이 나면 이따금 음식점 주인인 클로프트 씨 집에서 일하거나 리셉션, 파티, 결혼식, 단체 모임, 무도회 일을 돕는데, 대개 프리랜서 관리인으로 총 비용과 위험 부담을 떠맡고, 때로는 클로프트 사(社)의 위탁을 받기도 합니다. 나는 경리 일을 하거나, 조직적으로 계획 짜는 일을 하는데, 이따금 음식을 만들기도 하고 서빙도 합니다. 나의 총수입은 한 달에 평균 1800에서 2300마르크 정도입니다. 세무서에는 자영업자로 등록되어 있습니다. 세금과 보험금은 내가 직접 납부하고, 소득세 신고 등의 일은 전부 블로르나 사무실에서 무료로 처리해 줍니다. 1972년 초부터 나는 1968년형 폴크스바겐을 소유하고 있습니다. 클로프트 사에서 일했던 요리사 베르너 클로르머가 나에게 저렴하게 넘긴 것이지요. 대중교통으로 여러 장소를 옮겨 가며 일하는 것이 너무 힘들었습니다. 자동차로 충분한 기동성을 갖추어, 멀리 떨어진 호텔들에서 열리는 리셉션이나 파티에서도 일할 수 있게 되었습니다."

16

심문은 오전 11시 30분부터 12시 30분까지 진행되었고, 한 시간 동안 중단된 후 오후 1시 30분에서 5시 45분까지 이어진 후에야 이 부분의 조사가 완결되었다. 점심시간에 경찰서에서 커피와 치즈빵을 제공했으나 블룸은 거절했다. 유독 그녀에게 호의적인 플레처 부인과 조수 뫼딩이 아무리 설득해도 소용없었다. 하흐의 말대로, 그녀는 공적인 것과 사적인 것을 구분할 수도, 이런 심문이 필요하다는 것을 이해할 수도 없었던 게 분명하다. 바이츠메네가 커피와 빵을 맛있게 먹고 나서 와이셔츠 깃의 단추를 끄르고 넥타이를 느슨하게 풀어 아버지처럼 보이게 했을 뿐만 아니라 정말 아버지처럼 행동했을 때, 블룸은 자신을 유치장으로 이송시켜 달라고 요구했다. 그녀를 감시하도록 배치된 경찰 두 명은 그녀에게 커피와 빵을 먹게 하려고 무던히 애썼지만, 그녀는 고집스럽게 고개를 설레설레 저었고, 간이침대에 앉아 담배를 피웠으며, 코를 찡그리고 역겨움이 역력한 표정으로 토사물 찌꺼기로 얼룩진 유치장 안 화장실에 대한 혐오감을 표현했다. 나중에 플레처 부인과 젊은 경찰 둘이 설득하자 그녀는 플레처 부인이 자신의 맥을 짚는 것을 허락했다. 맥박은 정상이었다. 그 후 그녀는 가까운 카페에서 파운드케이크 한 조각과 차 한 잔을 배달시켜 달라고 공손하게 부탁했다. 오전에 아파트 욕실에서 그녀가 옷을 입는 동안 욕실 문 앞에서 감시했던 두 경찰 중 한 명이 그녀에게 "한 잔 대접하겠다"고 했음에도, 그녀는 한사코 자신이 돈을 내겠다고 고집을 피웠다. 이 일로 두 경찰과 플레처 부인은 카타리나 블룸이 유머러스하지는 않다는 판단을 내리게 되었다.

17

오후 1시 30분에서 5시 45분까지 신상에 관한 심문이 계속

되었다. 바이츠메네는 더 짧게 끝내고 싶었을 테지만, 블룸은 상세히 해야 한다고 주장했다. 두 검사가 그녀에게 그럴 수 있는 권한이 있음을 인정했고, 처음에는 마뜩잖아 하던 바이츠메네도 나중에는 결국 심문을 통해 밝혀지는 신상의 배경이 중요하다는 생각이 들어 이성적으로 상세한 심문에 동의했다.

오후 5시 45분경 이제 심문을 계속 진행할지 아니면 중단할지, 블룸을 석방해야 할지 아니면 유치장으로 이송해야 할지의 문제가 제기되었다. 5시경 그녀는 사실 마지못해 차와 함께 햄을 넣은 빵을 하나 먹기로 했고, 심문을 계속하는 데 동의한다는 의사를 표명했다. 바이츠메네가 심문이 끝나면 석방시켜 주겠다고 약속했기 때문이다. 이제 볼터스하임 부인과의 관계가 조사 대상이 되었다. 카타리나 블룸은 볼터스하임 부인이 자신의 대모이고, 항상 자신을 돌봐 주었으며, 어머니의 먼 사촌 자매라고, 자신이 도시로 갔을 때 제일 먼저 연락한 사람이라고 말했다.

"2월 20일에 난 댄스파티에 초대받았어요. 그 파티는 본래 2월 21일, 그러니까 여성 카니발 날에 열려야 했지만, 하루 앞당겨졌지요. 볼터스하임 부인이 직장에서 당직이었기 때문이에요. 댄스파티에 참석한 것은 4년 만에 처음이었습니다. 방금 전 내 말을 수정하겠어요. 여러 번, 아마 두세 번, 혹은 네 번 정도 블로르나 씨 댁에서 저녁 사교 모임을 도울 때 함께 춤을 추기도 했습니다. 상당히 늦은 저녁 시간, 내가 청소와 설거지를 끝내면, 커피는 다 끓여져 있고 블로르나 박사가 홈바 서비스를 맡게 되면, 사람들은 나를 살롱으로 데려갔고, 거기서 블로르나 박사님이나 학계 재계 정계의 다른 신사분들과 춤을 추었습니다. 나중에 나는 아주 내켜 하지 않거나 망설이다가, 결국 아예 그런 요구에 응하지 않았습니다. 술에 취한 신사분들이 치근대는 일이 종종 있었거든요. 구체적으로 말하자면, 내 차를 소유한 다음부터는 그런 요구를 거절했습니다. 차를 사기 전에는 집에 오기 위해 그 신사들 중 한 분의 차를 얻어 타는 수밖에 없었어요." "이 신사와도."라고 말하며 그녀는 하흐를 가리켰고, 그는 얼굴이 새빨개졌다. "그와도 때때로 춤을 추었어요." 하흐도 치근댔느냐고 묻는 사람은 아무도 없었다.

18

심문이 오래 걸린 까닭은, 카타리나 블룸이 놀랄 정도로 꼼꼼하게 모든 표현을 일일이 검토했고, 조서에 기록된 문장을 하나하나 큰 소리로 읽어 달라고 했기 때문인 것으로 밝혀졌다. 예를 들어 앞 장에서 언급된 남자들의 치근거림이 처음에는 조서에 다정함으로, 즉 "신사들이 다정하게 대했다"라는 식으로 기록되었다. 이에 대해 카타리나 블룸은 몹시 분노하며 있는 힘을 다해 반대했다. 개념 정의를 두고 그녀와 검사들 혹은 그녀와 바이츠메네 사이에 본격적인 논쟁이 벌어졌다. 카타리나는, 다정함은 양쪽에서 원하는 것이고 치근거림은 일방적인 행위인데 항상 후자의 경우였노라 주장했다. 심문에 참여한 신사들이, 그런 것은 모두 그리 중요하지 않으며 심문이 보통보다 더 오래 걸리면 그건 그녀 탓이라고 말하자, 그녀는 치근거림 대신 다정함이라고 쓰여 있는 조서에는 절대 서명할 수 없다고 했다. 그 차이가 그녀에게는 결정적인 의미를 지니는 것이며, 그녀가 남편과 헤어진 이유 중 하나도 이와 관련 있다는 것이었다. 남편은 다정한 적이라고는 한 번도 없었고 늘 치근거렸다 했다.

블로르나 부부를 가리킨 "선량한"이라는 단어를 놓고도 이와 유사한 논쟁이 벌어졌다. 조서에는 "나에게 친절한"이라고 쓰여 있었는데, 블룸은 "선량한"이라는 단어를 고집했다. "선량한"이라는 단어가 유행에 뒤진 것처럼 들린다는 이유로, 이 단어 대신 "호의적인"이라는 단어를 제시하자, 그녀는 화를 냈으며, 친절과 호의는 선과는 아무 관련이 없고 자신에게 보여 준 블로르나 부부의 행동을 선함으로 느꼈다고 주장했다.

19

그사이 아파트 주민들이 조사를 받았지만, 그들 중 대다수는 카타리나 블룸에 대해 거의 혹은 전혀 진술을 할 수 없었다. 사람들은 그녀와 엘리베이터 안에서 만나면 서로 인사를 나누는 정도고, 빨간색 폴크스바겐이 그녀의 차라는 것 정도밖에 모른다고 했다. 어떤 이는 그녀가 사장 비서라고 생각했고, 어떤 이는 백화점의 한 부서장인 줄 알았다고 했다. 그녀는 항상 말쑥한 차림이었고, 차가운 인상이었지만 깔끔하고 친절했다고 했다. 카타리나의 아파트가 있는 9층의 다섯 가구 중 두 사람만이 좀 더 가까이서 본 것을 이야기해 줄 수 있었다. 한 명은 미용실 주인 슈밀 부인이었고, 또 한 명은 발전소에서 일하다가 정년퇴임한 전직 공무원 루비델이라는 남자였는데, 이 둘의 공통된 진술은 당혹스러운 것이었다. 카타리나의 집으로 종종 한 신사가 찾아오거나 그녀가 신사를 데려오기도 했다는 것이다. 슈밀 부인의 주장에 따르면, 방문은 이삼 주에 한 번으로 규칙적이었고, "분명히 상류" 계층으로 40대 정도의 부드러워 보이는 신사였다고 한다. 그에 비해 루비델 씨는 방문객을 상당히 젊은 건달로 묘사했다. 방문객은 몇 번은 혼자서, 몇 번은 블룸 양과 함께 아파트로 들어갔으며 지난 2년 동안 여덟 번 내지 아홉 번쯤 방문한 것 같다고 했다. "내가 목격한 것만 그렇다는 겁니다. 내가 보지 못한 것에 대해서는 당연히 아무 말도 할 수 없지요."

늦은 오후 카타리나에게 이 진술들을 들려주고 이 점에 대해 입장을 밝힐 것을 요구했을 때, 질문을 분명히 하기 전에 그녀를 정중히 대하려 애쓰면서, 그녀를 이따금 집까지 데려다주었다는 신사들이 바로 이 신사 방문객들이지 않았겠냐는 것을 넌지시 밝힌 사람은 다름 아닌 하흐였다. 부끄러움과 분노로 머리끝부터 발끝까지 빨개진 카타리나 블룸은, 신사가 집으로 찾아오는 것이 금지되어 있느냐고 시니컬하게 되물었다. 자신이 친절하게 만들어 놓은 다리에 그녀는 발도 들여놓지 않으려 하거나, 혹은 그런 다리를 인식하지조차 못했기 때문에 하흐도 다소 시니컬해져서 말했다. 지금 여기서 아주 중요한 사안을 조사하고 있다는 것을, 다시 말해 얼기설기 복잡하게 얽혀 있고 경찰과 검찰이 벌써 1년 이상 매달려 온 루트비히 괴텐의 사건을 조사하고 있다는 것을 분명히 알아야 한다고. 이어서 그녀가 신사들의 방문 사실을 명백히 부인하지 않았는데, 그럴 경우 그 신사는 늘 같은 사람이었느냐고 물었다. 이 대목에서 바이츠메네가 거칠게 끼어들었다. "그러니까 당신은 괴텐을 벌써 2년 동안이나 알고 지낸 거죠."

이런 단정에 그녀는 너무나 당혹스러워 할 말을 잃었고 그저 고개를 가로저으며 바이츠메네를 바라볼 수밖에 없었다. 잠시 후 그녀가 놀라울 정도로 부드럽게 "아니에요. 그렇지 않아요. 난 그를 어제야 알게 되었다고요."라고 더듬거리며 말했으나, 그 말은 그다지 설득력 있게 들리지 않았다. 그럼 아파트를 방문한 신사가 누구인지 확인할 수 있도록 말하라고 하자, 그녀는 "거의 기겁을 하며" 고개를 가로저었고 그에 대한 진술을 거부했다. 그러자 바이츠메네는 다시 아버지처럼 굴면서 그녀를 이렇게 설득했다. 그녀가 남자 친구, 그러니까 그녀에게(이 대목에서 그는 심리학적으로 결정적인 실수를 했다.) 치근대지 않고 다정하게 대해 주는 남자 친구를 한 명쯤 가지고 있다고 해도 전혀 흠이 아니며, 어차피 그녀는 이혼했으니 정절을 지킬 의무가 있는 것도 아니라고, 게다가 치근대지 않고 다정하게 대해 주면서 어느 정도 물질적인 이익도 가져다준다면 결코 (세 번째 결정적인 실수!) 욕할 수 없다고 한 것이다. 이 말에 카타리나 블룸은 결국 마음이 상했다. 그녀는 계속 진술하기를 거부했고 유치장으로 옮겨 주거나 집으로 보내 달라고 요구했다. 바이츠메네가 맥 빠지고 지친 모습으로 (그사이 저녁 8시 40분이 되었다.) 경관 하나를 시켜 그녀를 집으로 데려다주도록 하겠다고 선언하자 거기 있던 사람 모두가 황당해했다. 그러나 잠시 후 그녀가 자리에서 일어나 핸드백과 화장품 케이스 그리고 비닐봉지를 낚아채듯 집어 들었을 때, 그는 그녀에게 아주 급작스럽고 딱딱한 어조로 물었다. "대체 어떻게 그자, 당신의 그 다정한 루트비히가 지난밤에 그 집을 빠져나갔던 거요? 우리가 입구며 출구를 모조리 감시하고 있었는데. 당신, 당신은 아파트를 빠져나갈 수 있는 길을 알고 있었고 그에게 그 길을 가르쳐 준 게 틀림없소. 내가 그것을 찾아내고야 말 거요. 또 봅시다."

20

카타리나를 집까지 데려다준 바이츠메네의 조수 뫼딩은 나중에 이 젊은 여자의 상태가 상당히 염려스러웠고 그녀가 무슨 짓을 저지르지나 않을까 두려웠다고 보고했다. 그녀는 완전히 녹초가 되어 기진맥진해 있었고, 놀랍게도 하필 그런 상황에서 유머러스한 모습을 보여 주었는데 어쩌면 그때야 비로소 그런 유머를 키운 것 같다고도 했다. 함께 차를 타고 시내를 지나가고 있을 때, 그가 농담 삼아 지금 어디에도 얽매이지 않고 뒷일은 생각하지 않은 채 어디서 한잔하고 춤추러 갈 수 있다면 좋지 않겠느냐고 물었더니, 그녀는 고개를 끄덕이면서 나쁘지 않을 거라고, 어쩌면 기분이 좋아질 것도 같다고 대답했다고 한다. 또한 그녀의 집 앞에 도착해 그가 아파트 문 앞까지 데려다주겠다고 제안하자, 그녀는 비꼬아 말했다고 한다. "아, 그러지 않는 편이 낫겠어요. 아시다시피 신사의 방문은 지금까지로도 충분해요. 어쨌든 감사합니다."

뫼딩은 저녁 내내 그리고 한밤중까지 바이츠메네를 설득하려고 애썼다. 카타리나 블룸을 구류시켜 보호해야 한다고. 그녀를 사랑하게 되기라도 했느냐고 바이츠메네가 묻자, 그는 아니라고 하면서 그저 그녀가 좋을 뿐이고, 그녀가 자신과 동갑이며, 카타리나 블룸이 엄청난 테러단의 음모에 관련되어 있을 거라는 바이츠메네의 추리를 믿지 않는다고 했다.

그가 보고하지는 않았지만 볼터스하임 부인을 통해 그가 카타리나에게 두 가지 충고를 했다는 것이 알려졌다. 로비를 거쳐 엘리베이터 앞까지 그녀를 데려다주면서 그는 상당히 하기 어려운 충고를 했다. 그 때문에 그가 비싼 대가를 치를 수도 있으며 그 자신과 동료들의 모가지가 달아날 수도 있을 만큼 위험한 충고였다. 카타리나가 엘리베이터 앞에 서자 그는 이렇게 말했다. "전화에는 아예 손대지 마십시오. 내일 신문도 펼치지 마시고요." 이때 그가 《차이퉁》지를 말한 것인지 아니면 그저 일반적인 신문을 말한 것인지는 분명치 않다.

21

같은 날(1974년 2월 21일 목요일) 오후 3시 30분경, 블로르나가 휴가지에서 처음으로 스키를 조이고 활강을 시작하려던 참이었다. 그 순간부터, 그가 그토록 오랫동안 설레며 기다려왔던 휴가는 망쳐지고 말았다. 전날 저녁 도착하자마자 투르데와 두 시간 동안 눈길을 거닐었던 것, 그 후 장작불을 지핀 벽난로 앞에서 포도주를 마신 것, 창문을 살짝 열어 놓고 푹 잤던 것은 좋았다. 휴가지에서 맞는 첫 아침 식사를 느긋하게 오래 즐겼고, 한 번 더 몸을 두툼하게 감싸고 테라스에 나가 등나무 의자에 몇 시간 동안 앉아 있었고, 그러고 나서 스키를 타려는 바로 그 순간에, 《차이퉁》의 그 녀석이 나타나 어떠한 예고도 없이 다짜고짜 카타리나에 대해 지껄여 대기 시작했다. 그녀가 그런 범죄를 저지를 만한 사람이라고 생각하는지 물었다. "왜요?" 하고 그가 되묻고 나서 말했다. "난 변호사요. 어떤 사람이 범죄를 저지를 수 있을지를 압니다. 그런데 대체 무슨 범죄를 말하는 거요? 카타리나가? 말도 안 돼. 당신은 어떻게 그런 생각을 하게 되었소? 어디서 그런 얘기를 들은 거요?" 오래전부터 수배 중이던 강도가 카타리나의 집에서 잔 게 확실하고 그녀는 대략 오전 11시부터 심문을 받고 있노라는 말을 듣자, 블로르나는 당장 돌아가 그녀를 돕기로 마음먹었다. 그러나 《차이퉁》의 그 녀석은 (그는 정말 그렇게 느끼하게 생겼나, 아니면 블로르나가 나중에 그렇게 생각하게 되었나?) 상황이 지금은 그다지 심각하지 않다며 그녀의 성격을 좀 말해 줄 수 있는지 물었다. 블로르나가 거절하자, 그건 나쁜 징후고 오해를 받을 수도 있다고 녀석이 말했다. 이런 사건, 즉 신문의 "1면 기삿거리"가 될 만한 사건인 경우 그녀의 성격에 대해 침묵한다는 것은 분명 나쁜 성격을 암시하는 것이기 때문이라는 것이었다. 그때 이미 블로르나는 화가 나기 시작했고 몹시 흥분해서 "카타리나는 매우 영리하고 이성적인 사람입니다."라고 말했다. 그러자 또다시 화가 치밀었다. 그 말도 딱 알맞은 게 아니었고, 그 자신이 말하고자 했고 말해야만 했던 것을 암시적으로도 표현하지 못했기 때문이다. 지금까지 그가 어떤 신문들과, 더군다나 《차이퉁》과 관련된 적은 결코 없었다. 그 녀석이 포르셰를 타고 떠났을 때, 블로르나는 스키의 조임쇠를 다시 풀었고 휴가는 이미 끝났음을 알았다. 그는 베란다에서 따뜻하게 담요를 덮고 햇볕을 쪼이며 반쯤 잠든 채 누워 있는 투르데가 있는 곳으로 올라갔다. 그리고 그 이야기를 했다. "전화 좀 걸어 봐요."라고 그녀가 말했고, 그는 세 번, 네 번, 다섯 번 전화를 걸었지만, "아무도 받지 않습니다."라는 안내만 자꾸 나왔다. 밤 11시경에 다시 한 번 전화를 걸어 보았지만, 역시 아무도 받지 않았다. 그는 술을 많이 마셨고 깊이 잠들지 못했다.

22

금요일 아침 9시 30분경 그가 투덜거리며 아침 식사를 하러 나타나자, 투르데가 《차이퉁》을 보여 주었다. 1면을 장식한 카타리나. 엄청나게 큰 사진. 아주 굵은 활자들.

> 강도의 내연녀 카타리나 블룸이 신사들의 방문에 대한 진술을 거부하고 있다. 1년 반 전부터 수배 중이던 강도이자 살인자인 루트비히 괴텐은, 가정부 일을 하는 내연녀 카타리나 블룸이 그의 흔적을 없애고 도주를 눈감아 주지 않았더라면, 어제 잡힐 수도 있었다. 경찰은 블룸이 오래전부터 이 음모에 연루되어 있었다고 추측한다. (자세한 보도는 다음 면 「신사의 방문」이라는 제하의 기사 참조.)

그는 다음 면을 읽고, 《차이퉁》지가 카타리나는 영리하고 이성적이라는 자신의 표현에서 "얼음처럼 차고 계산적이다"라는 말을 만들어 냈고, 범죄성에 대한 일반적인 입장을 표명한 말에서는 그녀가 "확실히 범죄를 저지를 수 있다."라는 말을 만들어 냈음을 알게 되었다.

> 게멜스브로이히의 신부는 다음과 같이 진술했다. "나는 그녀가 무슨 짓이든 할 수 있다고 믿습니다. 그녀의 아버지는 위장한 공산주의자였고 어머니는 내가 측은한 마음에서 한동안 청소부로 일하게 해 주었더니 미사용 포도주를 훔쳐 제의실에서 정부와 술판을 벌인 적이 있지요."
>
> 블룸은 2년 전부터 정기적으로 신사들의 방문을 받아 왔다. 그녀의 아파트가 모의의 본부였나, 아니면 도당들의 아지트, 혹

은 무기를 거래하는 장소였나? 이제 겨우 스물일곱 살인 가정부가 어림잡아도 11만 마르크나 나가는 아파트를 어떻게 소유하게 되었나? 그녀가 은행에서 강탈한 돈의 분배에 관여했나? 경찰은 계속 수사 중이다. 검찰은 대대적인 수사력을 동원하고 있다. 내일은 보다 더 집중 보도. 《차이퉁》은 **언제나 그랬듯이 이 사건을 계속 추적, 보도한다!** 배후 관계에 대한 전반적인 소식은 내일 주말 판에서.

오후에 비행장에서 블로르나는 그 직후 어떤 일이 연이어 일어났는지 다시 생각해 보았다.

오전 10시 25분. 몹시 흥분한 뤼딩의 전화. 그는 당장 돌아와 알로이스와 연락을 취해 보라고 간곡히 부탁했다. 알로이스 역시 몹시 흥분해서 제정신이 아니라는데, 그의 그런 모습을 본 적이 없어서 믿기지 않는다. 지금 그는 바트 베델리히에서 열리는 기독교 기업가를 위한 회의에서 주제 강연을 하고 기본 원칙에 관한 토론회를 주재해야 한다.

오전 10시 40분. 카타리나의 전화. 내가 정말 《차이퉁》에 실린 대로 말했는지 물었다. 그녀에게 명백히 밝힐 수 있게 되어 흔쾌히 자초지종을 설명했다. 그러자 그녀는 대략 이렇게 말했다. (기억나는 대로 옮겨 보면) "난 변호사님을 믿어요. 믿고 말고요. 이 개자식들이 어떻게 일하는지 이제 알겠어요. 오늘 아침 그자들은 중병을 앓고 있는 우리 어머니, 브레틀로, 그 밖의 다른 사람들까지 들쑤셔 대며 찾아냈더라고요." 어디 있느냐고 묻자, 그녀가 말했다. "엘제 집에 있어요. 지금 다시 심문 받으러 가야 해요."

오전 11시. 알로이스의 전화. 내가 그를 알고 지내 온 지 벌써 20년인데 그가 흥분하고 두려워하는 것은 정말 처음이었다. 내가 당장 돌아와 이 까다로운 사건에서 자신의 변호를 맡아 주어야 한다고 했다. 그는 지금 강연을 해야 하며 강연 후에는 사업가들과 함께 식사를 하고 그 후에는 토론회를 주재해야 하고, 저녁에는 자유모임 한 곳에 참석해야 하지만, 모임 참석 전 저녁 7시 30분에서 9시 30분 사이에 우리 집에 들를 수 있다고 했다.

오전 11시 30분. 투르데도 우리가 당장 돌아가 카타리나 곁에서 도와야 한다고 생각한다. 그녀의 아이로니컬한 미소에서 짐작하건대, 그녀는 이미 알로이스가 곤경에 처했음을 (아마도 언제나 그랬듯이) 정확하게 추리하고 있다.

오후 12시 15분. 비행기 표를 예약하고, 짐을 싸고 숙박비를 계산했다. 꼭 마흔 시간의 휴가를 마치고 I 마을 방향으로 택시를 타고 공항으로 가 오후 2시부터 3시까지 안개 속에서 기다렸다. 카타리나에 대해 투르데와 오랫동안 대화를 나누었다. 투르데도 알고 있듯이, 그녀에 대한 내 애착은 아주, 아주 강하다. 그렇게 새침하게 굴지 말라고, 불운했던 어린 시절과 엉망진창이 되어 버린 결혼 생활은 잊어버리라고 우리가 얼마나 카타리나를 북돋워 주었는지도 이야기했다. 또 돈 문제에 관해서 그녀의 자존심을 이겨 내고 그녀에게 우리 계좌에서 은행보다 저렴한 신용 대출을 해 주려고 우리가 얼마나 애썼는지도 이야기했다. 그녀가 지불해야 하는 14퍼센트 대신 우리에게 9퍼센트를 주면 우리에게 전혀 손해를 끼치지 않으면서 그녀는 많은 돈을 저축할 수 있다고 설명하고 이해시켜도 그녀를 설득하지 못했던 것에 대해서, 그리고 우리가 카타리나에게 얼마나 고마워해야 하는지에 대해서도 이야기했다. 그녀가 차분하고 친절하게, 또한 계획성 있게 집안일을 도맡아 해 준 후로 우리의 지출이 현저하게 줄어들었을 뿐 아니라 그녀 덕분에 직장 생활을 하는 우리 둘 다 가사 노동에서 자유로워질 수 있었던 것, 이것은 돈으로 환산할 수 없는 것이다. 그녀 덕분에 우리는 결혼과 직장 생활로 부담스러웠던 5년간의 뒤죽박죽 생활에서 벗어날 수 있었다.

오후 4시 30분경 안개가 걷힐 기미가 보이지 않아 우리는 기차를 타기로 했다. 투르데의 충고대로 나는 알로이스 슈트로입레더에게 전화를 걸지 않는다. 택시를 타고 역으로 가서 오후 5시 45분발 프랑크푸르트 행 기차를 탄다. 고통스러운 여행—역겨움, 날카로워지는 신경. 심지어 투르데는 심각해지고 흥분까지 한 상태. 그녀는 엄청난 불행을 예감한다. 그러다 완전히 지친 채 뮌헨에서 기차를 갈아탔을 때는 침대칸을 잡을 수 있었다. 우리 두 사람은 카타리나와 관련해서는 걱정을, 뤼딩과 슈트로입레더와 관련해서는 분노를 느끼게 되리라 예상하고 있다.

23

토요일 아침에 이미, 여전히 카니발 시즌답게 흥겨워 술렁이는 이 도시의 역 플랫폼 바닥에 다시금 카타리나가 1면을 장식한《차이퉁》이 완전히 뭉개져 비참한 꼴로 널브러져 있다. 이번에는 한 사복 경찰이 동행한 가운데 경찰서 계단을 내려오고 있는 모습이었다.

살인범 약혼녀 여전히 완강! 괴텐의 소재에 대한 언급 회피! 경찰 초비상!

투르데가 그것을 샀고, 그들은 말없이 택시를 타고 집으로 향했다. 투르데가 대문을 여는 동안 블로르나가 택시비를 내자, 기사가《차이퉁》을 가리키며 말했다. "당신도 거기에 나왔죠. 난 금방 알아보았어요. 당신은 분명히 그 변호사이자 이 창녀의 고용주잖아요." 그는 팁을 많이, 지나치다 싶을 정도로 주었고, 택시 기사의 표정에는 목소리에서 묻어나는 것처럼 그렇게 남의 불행을 고소해하는 기미는 없었다. 트렁크, 가방들과 스키 장비를 현관 안 복도까지 들어다 주고는 친절하게 "안녕히 계세요."라고 인사했다.

투르데는 벌써 커피머신의 플러그를 꽂아 놓고 욕실에서 샤워를 했다.《차이퉁》은 전보 두 통과 함께 응접실 테이블 위에 놓여 있었다. 전보 한 통은 뤼딩이, 다른 한 통은 슈트로입레더가 보낸 것이었다. 뤼딩의 전보 내용: "좋게 말해서 실망,

연락이 없어서." 슈트로입레더의 전보 내용: "자네가 나를 이렇게 내버려 두다니 이해할 수 없음. 즉시 전화 요망. 알로이스."

그때가 막 오전 8시 15분이었다. 평소에 카타리나가 아침을 차려 주던 시간이었다. 그녀는 언제나 식탁을 꽃과 깨끗이 세탁한 식탁보와 냅킨으로 예쁘게 꾸몄고, 여러 종류의 빵과 꿀, 삶은 계란과 커피와 투르데를 위한 토스트와 오렌지 잼을 차려 놓았다.

커피머신, 크래커 빵 몇 조각, 꿀과 버터를 가져오면서 투르데는 거의 감상에 젖기까지 했다. "더는 안 돼, 더는 안 된다고요. 그자들이 이 아가씨를 끝장내고 말 거야. 경찰이 안 그러면 《차이퉁》이 그럴 거예요. 《차이퉁》이 그녀에 대한 흥미를 잃으면, 사람들이 그럴 거고요. 이리 와서 이것 좀 읽어 봐요. 그러고 나서 방문했다는 그 신사들에게 전화 좀 해 봐요." 그는 《차이퉁》을 읽었다.

여러분에게 종합적인 정보를 드리고자 항상 노력하는 《차이퉁》은 블룸의 성격과 불투명한 과거를 밝혀 줄 진술들을 추가로 수집하는 데 성공했다. 《차이퉁》지 기자들은 중병을 앓고 있는 블룸의 어머니를 찾아내는 데 성공했다. 그녀는 우선 딸이 오래전에 발길을 끊었다고 불평했다. 그러고 나서 이론의 여지 없는 명백한 사실들을 대면하자, 그녀는 말했다. "그렇게 될 수밖에 없었지요. 그렇게 끝날 수밖에 없었겠죠." 악의적으로 배신한 블룸 탓에 이혼한 전남편, 우직한 방직공인 빌헬름 브레틀로는 보다 흔쾌히 정보를 주었다. 그는 애써 눈물을 삼키며 말했다. "이제야 알겠습니다. 그녀가 왜 내게서 몰래 떠났는지. 그녀가 왜 나를 혼자 내버려 두었는지. 그러니까 바로 이런 이유 때문에 그녀는 나를 떠났던 것입니다. 이제 모든 게 분명해집니다. 우리의 소박한 행복에 그녀는 만족하지 못했던 거죠. 그녀는 출세하고 싶었던 겁니다. 어떻게 올곧고 소박한 노동자가 포르셰를 탈 수 있겠습니까? 아마(그는 현명하게 이 말을 덧붙여 말했다.) 당신은《차이퉁》의 독자들에게 내 충고를 전해 줄 수 있겠지요. 사회주의에 대한 그릇된 생각들은 이렇게 끝날 수밖에 없다는 걸요. 당신과 당신의 독자들에게 묻겠소. 어떻게 일개 가정부가 이만한 부를 얻을 수 있겠습니까? 정직하게 돈을 벌었다면 그녀는 이런 걸 소유할 수 없지요. 왜 내가 그녀의 과격성과 교회에 대한 반감을 항상 두려워했는지 이제 알겠소. 우리에게 아이를 주지 않은 주님의 결정에 감사의 성호를 긋습니다. 그녀를 좋아하는 나의 복잡하지 않은 애정보다는 살인범이자 강도인 한 남자의 다정한 애무를 그녀가 더 좋아했다는 것을 듣는 마당에, 그런 이야기도 소용없습니다만. 그래도 난 그녀에게 호소하고 싶군요. 나의 귀여운 카타리나, 당신이 내 곁에 있었다면 얼마나 좋았겠소. 우리도 몇 년 후에는 우리 집을 장만했을 거고 작은 차도 한 대 샀을 거요. 내가 당신한테 포르셰를 사 줄 수는 없었겠지만 말이오. 노동조합을 믿지 않는, 올곧은 한 노동자가 해 줄 수 있는 만큼의 소박한 행복은 안겨 주었을 거요. 아, 카타리나."

블로르나는 마지막 페이지에서 "정년퇴임한 부부는 놀라기는 했지만 뜻밖의 일이라고 생각하지는 않았다"라는 표제 아래 빨갛게 칠해진 난을 발견했다.

고등학교 교감으로 퇴직한 베르톨트 히페르츠 박사와 그의 부인 에르나 히페르츠는 블룸의 행적에 대해 놀라움을 표시하기는 했지만, "특별히 예상 밖"이라고는 하지 않았다. 렘고에서 요양소를 운영하는 결혼한 딸 집에 머물고 있는 그들을 《차이퉁》의 한 여기자가 찾아냈는데, 그곳에서 고대문헌학자이자 역사학자인 히페르츠는 (블룸은 3년 전부터 그의 집에서 일하고 있었다.) "모든 관계에서 과격한 한 사람이 우리를 감쪽같이 속였군요."라고 했다.

블로르나가 나중에 히페르츠에게 전화를 걸었는데, 그는 다음과 같이 말했다고 맹세했다. "카타리나가 과격하다면, 그녀는 과격하리만치 협조적이고 계획적이며 지적입니다. 내가 그녀를 잘못 보았나 보군요. 그런데 난 40년간 경험을 쌓은 교육자요. 사람을 잘못 보는 일은 거의 없는데요."

1면에서 계속.

《차이퉁》은 완전히 의기소침해진 블룸의 전남편을 게멜스브로이히의 타악과 관악기 연주단 리허설 때 찾아냈는데, 그는 눈물을 보이지 않으려고 돌아섰다. 나이 든 농부 메펠스가 말했듯이, 다른 회원들도 소름 끼쳐 하며 카타리나를 외면했다. 그녀는 항상 기이했고 항상 새침하게 굴었노라고 했다. 올곧은 한 노동자의 순수한 카니발 기분은 아무튼 깨지고 말았을 것이다.

마지막으로 정원 풀장에 있는 블로르나와 투르데를 찍은 사진이 실려 있다. 사진 아래 설명은 다음과 같다. "한때 '빨갱이 투르데'로 알려졌던 이 여자와 이따금 '좌파'로 통하는 그녀의 남편은 어떤 역할을 하고 있는가. 호화 빌라의 수영장 앞에서 부인 투르데와 함께 포즈를 취한, 고소득의 산업체 변호사 블로르나 박사."

24

여기에서는 영화나 문학에서 회상법이라고 일컬어지는 일종의 역류법이 필요하다. 블로르나 부부가 울적하고 상당히 절망스러운 심정으로 휴가에서 돌아온 토요일 오전에서, 카타리나가 재차 심문을 받기 위해 경찰서로 소환된 금요일 오전으로 되돌아가 보아야 한다. 이번에 블룸은 플레처 부인과 가볍게 부상한 중년의 남자 경관에 의해 그녀의 아파트가 아닌 볼터스하임 부인의 집에서 연행되었다. 카타리나가 볼터스하임 부인의 집으로 차를 몰고 온 것은 새벽 5시경이었다. 여경관은 카타리나를 그녀의 아파트가 아닌 볼터스하임 부인의 집에서 발견하게 될 거라는 것을 이미 알고 있었음을 굳이 숨기지 않았다. (당연히 블로르나 부부의 희생과 고생을 잊지 말고 다시 상기해야 한다. 휴가 중단, 택시로 I 마을에 있는 비행장으로 가서 안개 속에서 기다림. 택시로 기차역으로 감. 프랑크푸르트 행 기차 승차, 뮌헨에서 갈아탐. 침대칸에서 흔들리며 시달리다가 방금 전 이른 아침 집에 도착, 바로 신문을 봄! 나중에, 물론 너무 뒤늦게 블로르나는《차이퉁》의 기자놈에게 카타리나가 심문당했다는 얘기를 듣고 하흐가 아닌 그녀에게 전화한 것을 후회했다.)

금요일에 열린 카타리나의 두 번째 심문에 참석한 사람들(지난번과 마찬가지로 뫼딩, 플레처, 코르텐 검사와 하흐 검사, 블룸이 언어에 예민한 것을 귀찮게 느끼고 "지나치게 정확한 척한다"고 표현했던 조서 작성자 안나 록스터) 모두에게, 유독 바이츠메네의 기분이 눈에 띄게 좋아 보였다. 그는 두 손을 비비면서 조사실로 들어와 카타리나에게 아주 호의적으로 대했고 "다소 거칠었던 언행"을 사과하며, 그것은 자신의 성격 탓이지 업무 특성 때문이 아니라고, 자신은 그다지 세련된 놈이 아니라고 말했다. 그러고는 그사이 작성된 압수 물품 목록을 가지고 심문을 시작했다.

문제가 되었던 것은 다음과 같다.

1. 작고 낡은 초록색 수첩. 이 수첩에는 전화번호만 적혀 있었고, 그사이 그 번호들을 검토 확인한 결과 어떠한 의혹도 발견하지 못했다. 카타리나 블룸은 이 수첩을 벌써 10년은 사용해 온 게 틀림없다. 괴텐의 필적을 찾아보았던 필적 감정사는 (괴텐은 무엇보다도 탈영병이었고 군 복무 시 사무실에서 일한

적이 있어서 자필 흔적을 많이 남겼다.) 그녀의 필체가 보이는 변천상을 아주 일반적인 것으로 보았다. 정육점 주인 게르버의 전화번호를 적었던 열여섯 살 소녀, 클루텐 의사의 전화번호를 적었던 열일곱 살의 소녀, 페너른 박사 집에서 일했던 스무 살의 여자, 나중에 식당 주인들, 레스토랑 주인들, 동료들의 전화번호와 주소들을 기입한 여인의 필적.

2. 스파카세[4] 은행의 거래 명세표들. 명세표 가장자리에 적힌 블룸의 필적으로 기장 변경이나 차감이 정확하게 확인되었다. 입금, 출금, 모든 것이 정확하고 자금 이동 내역 중 의심할 만한 것은 전혀 없었다. 그녀의 장부 기입도 마찬가지였고, 작은 서류철에 묶여 있던 메모지와 각종 통지서도 그러했다. 그 서류철에는 그녀가 '우아한 강변의 삶'이라는 아파트를 자기 소유로 분양받은 회사 '하프텍스'에 지불해야 할 상황을 기입해 두었다. 그녀의 납세 신고서, 납세 고지서, 세금 납입 현황 역시 아주 꼼꼼하게 검토되었고, 회계 전문가가 일일이 살펴보았지만, 어디에서도 "은닉한 거액"은 찾을 수 없었다. 바이츠메네는 자신이 농담 삼아 "신사 방문 시기"라고 칭한 지난 2년을 중심으로 그녀의 재정적인 거래 내역을 검토하는 데 주력했다. 아무것도 발견하지 못했다. 어쨌거나 그녀가 매달 어머니에게 150마르크를 송금했고, 쿠이르에 있는 콜터 사(社)를 통해 게멜스브로이히에 있는 아버지의 묘지를 관리하게 했다는 사실이 밝혀졌다. 그녀의 가구 구입, 가재도구들, 의상,

4) 독일에 실재하는 은행으로 '저축은행'이라는 뜻이다.

속옷, 기름 값 등 모든 것이 검토되었지만, 어디에도 빈틈이 없었다. 회계사가 바이츠메네에게 서류들을 돌려주며 말했다. "맙소사, 그녀가 석방되어 직장을 구하게 되면, 나한테 연락 좀 해 주시오. 늘 이런 사람을 찾았지만 본 적이 없었거든요." 블룸의 전화 요금 계산서에서도 협의점은 찾지 못했다. 그녀는 장거리 통화를 거의 하지 않았던 게 분명하다.

카타리나 블룸이 현재 절도죄로 복역 중인 오빠 쿠르트에게 이따금 용돈으로 15에서 30마르크쯤 되는 소액을 송금한 사실도 적혀 있었다.

교회세는 지불하지 않았다. 세금 관련 서류에서 알 수 있듯이 그녀는 이미 1966년 열아홉 살 때 가톨릭 교회를 완전히 떠났다.

3. 또 한 권의 작은 수첩. 이 수첩에는 여러 가지가 기입되어 있었는데, 특히 계산과 관련된 것이 네 항목으로 나뉘어 기록되어 있었다. 첫 번째 항목은 블로르나 댁의 살림에 관한 것으로 생필품 구입 및 청소용 세제, 드라이클리닝, 세탁 비용으로 인한 공제와 총계가 적혀 있었다. 여기서 다림질은 카타리나가 손수 했다는 사실이 확인되었다.

두 번째 항목은 히페르츠의 가계에 관한 것으로 동일한 명목의 기록과 계산 들이었다.

또 다른 한 항목은 블룸 자신의 것으로 분명 얼마 안 되는 돈으로 가계를 꾸려 가고 있었다. 생필품을 구입하는 데 30에서 50마르크도 쓰지 않은 달도 여러 번 발견되었다. 하지만 극장에는 자주 가는 편이었고(그녀의 집에는 텔레비전이 없었다.) 이따금 초콜릿, 심지어 프랄린[5]까지 사는 듯했다.

네 번째 항목에는 블룸의 시간외근무 내지 부업으로 인한 소득과 지출이 적혀 있었고, 작업복 구입 및 세탁 비용, 그녀가 지불해야 할 몫의 폴크스바겐 유지비가 포함돼 있었다. 여기서, 이 기름 값 계산에서, 바이츠메네는 모두가 놀랄 만큼 친절하게 끼어들어, 그녀에겐 비교적 큰 액수의 기름 값은 어째서인지 물었다. 그 기름 값은 그녀 자동차의 주행거리 표시기가 보여 주는 현저히 높은 숫자와도 관련되어 있다. 블로르나 씨 집과의 왕복 거리는 약 6킬로미터, 히페르츠 씨 집과의 왕복 거리는 약 8킬로미터, 볼터스하임 부인의 집에 다녀올 때는 약 4킬로미터 거리라는 것을 이미 확인했다고 한다. 넉넉히 계산해서, 평균 잡아 한 주에 한 번 시간외근무를 한다 치고, 이것 역시 넉넉하게 계산해서 20킬로미터로 보고, 이를 하루 주행 거리로 바꾸어 계산하여 약 3킬로미터 정도는 더 생각한다면, 매일 대략 21킬로미터에서 22킬로미터를 달리는 셈이다. 물론 그녀가 볼터스하임 부인을 매일 방문하지는 않았을 기라는 것도 고려해야 하지만 그것은 차치하겠다고 한다. 그래서 1년에 8000킬로미터 정도를 달린 것이 되지만, 요리사 클로르머와의 서면 계약서에서 볼 수 있듯이, 그녀가 2년 전에 이 자동차를 넘겨받았을 때 이미 주행거리가 5만 6000킬로미터였다고 한다. 거기에 2×8000을 더하면, 그녀의 자동차 주행거리는 지금 7만 2000 정도여야 하는데, 실제로는 거의

---

5) 견과류나 알코올 등이 들어간 초콜릿이다.

10만 2000킬로미터에 달한다고 한다. 지금 밝혀졌듯이, 그녀는 게멜스브로이히에 있다가 나중에 쿠이르 호흐작켈의 요양원으로 옮긴 어머니를 이따금 방문했고, 가끔 감옥에 있는 오빠도 방문했지만, (게멜스브로이히나 쿠이르 호흐작켈까지의 거리는 왕복 50킬로미터 정도고 오빠한테 다녀오는 거리는 약 60킬로미터라고 한다.) 그럼 매달 한 번, 아니 인심 써서 매달 두 번 방문한 것으로 계산하면, (그녀의 오빠는 1년 반 전부터 복역 중이고 그 전에는 게멜스브로이히의 어머니 댁에서 살았다고 한다.) 그러면, 물론 2년으로 계산해서 4000에서 5000킬로미터를 더 한다 해도 여전히 2만 5000킬로미터는 설명되지 않는다는 것이다. 그녀가 대체 어디를 그리 자주 차를 몰고 다녔는지. 아니면 그녀가 (그는 정말 다시 무례한 암시를 하고 싶지는 않지만 그래도 그녀는 그의 질문을 이해해야 한다고 말한다.) 혹시 누군가를, 또는 여러 명의 사람을 어디선가, 대체 어디서, 만났다는 건가?

마력에 빨려들듯, 물론 놀라워하면서 들었던 사람은 카타리나 블룸뿐만이 아니었다. 그 자리에 있는 사람 모두가 바이츠메네가 부드러운 목소리로 제시하는 계산에 귀를 기울였다. 바이츠메네가 그 모든 것을 계산해 보이면서 의문을 제기하는 동안, 블룸은 화가 난 게 아니라 그저 놀라움과 경탄이 뒤섞인 긴장감을 느끼는 듯 보였다. 그가 말하는 동안 그녀는 2만 5000킬로미터에 대한 해명은 찾지 않고, 자신이 언제 어디서 왜 어디로 차를 몰고 갔었는지 스스로 분명하게 짚어 보려고 했기 때문이다. 심문을 받기 위해 자리에 앉았을 때 그녀는 이미 놀랍게도 별로 뻣뻣하게 굴지 않았고, 거의 '부드럽다'고 할 정도였으며, 심지어 겁을 내는 듯 보이기도 했고, 차를 받아들면서 찻값을 내겠다고 고집을 피우지도 않았다. 그리고 지금, 바이츠메네가 계산을 제시하면서 질문을 마치자, 여러 사람들, 아니 그 자리에 있던 사람들 거의 모두의 진술에 따르면 죽음과 같은 정적이 깔렸고, 그들은 기름 값을 계산하지 않았더라면 쉽게 지나칠 수도 있었을, 어떤 확신을 근거로 여기 누군가가 블룸의 내밀한 비밀을 제대로 파고들었다고 생각하는 듯했다. 지금까지는 그녀의 삶이 사실 아주 일목요연하게 묘사되었는데 말이다.

"네." 카타리나 블룸이 말했다. 여기서부터 그녀의 진술은 기록되었고 그것을 여기에 그대로 제시한다. "맞아요. 내가 지금 빨리 암산해 보았는데요, 하루에 30킬로미터 이상 뛥니다. 그것에 대해 깊이 생각해 본 적도 없고, 기타 경비도 생각하지 않았지만, 난 이따금 그냥 이리저리 차를 몰고 다닙니다. 그냥, 정말 아무 생각도 하지 않고, 목적지도 없이요. 그러니까…… 뭐랄까, 목적지가 저절로 생겼어요. 다시 말해 그냥 그렇게 가게 된 방향으로, 남쪽 코블렌츠나, 서쪽 아헨을 향해서, 아니면 저 아래 라인강 하류 쪽으로 차를 몰고 갔어요. 매일 그랬던 건 아닙니다. 얼마나 자주, 아니면 얼마 만에 한 번씩 그랬는지 말씀드릴 수는 없고요. 대개 비가 오면, 그리고 일을 마치고 혼자 있을 때 그랬어요. 아니, 방금 전 진술을 정정하겠습니다. 비가 오면 항상 차를 몰고 나갔습니다. 이유는 잘 모르겠어요. 아시다시피, 때때로 히페르츠 씨 댁에 갈 필요가 없고 다른 일거리도 없으면, 오후 5시경에는 아무 할 일도 없이 집에 있게 되곤 했습니다. 그렇다고 그때마다 엘제에게 가고 싶지는 않았어요. 특히 그녀가 콘라트와 사귀기 시작한 뒤부터는 더요. 혼자 극장에 가는 것도 혼자 사는 여자한테는 위험할 수 있고요. 가끔 교회에 가서 앉아 있기도 했어요. 종교적인 이유 때문은 아니었고 그곳이 조용하기 때문이었어요. 그렇지만 요즘에는 교회에서도 사람들이 쓸데없이 말을 걸어오는데, 일반 신도만 그러는 게 아닙니다. 물론 친구도 몇 명 있어요. 예를 들어 베르너 클로르머가 있어요. 내 폴크스바겐은 그에게서 산 거예요. 그리고 그의 부인과 클로프트에서 일하는 다른 종업원들도 친구죠. 하지만 혼자 와서, 사람들이 서로 나누는 교제를 하나하나 바라보거나 아니면 그런 접촉을 가지려고 한다면, 물론 꼭 그런 것은 아니지만, 달리 표현하면, 덮어놓고 무조건 그러지는 않지만 상당히 황당하고 대개는 난감해지지요. 그래서 난 바로 차를 타고 라디오를 켜고는 달리지요. 언제나 국도로, 빗속을 달립니다. 가로수가 있는 국도를 가장 좋아했어요. 가끔은 네덜란드나 벨기에까지 갔어요. 거기서 커피나 맥주를 마시고 돌아옵니다. 그래요. 당신이 물으니까 이제야 분명히 알겠네요. 얼마나 자주 그랬느냐고 물으신다면, 한 달에 두세 번이라고 말하겠어요. 때로는 그보다 드물게, 때로는 더 자주 그랬는데, 대개 몇 시간씩 걸려서 9시나 10시, 어떤 때는 밤 11시에나 파죽음이 되어 집으로 돌아왔어요. 아마 두려움 때문이었는지도 모릅니다. 내가 혼자 사는 여자를 많이 아는데, 그들은 저녁마다 혼자 텔레비전을 보면서 술을 마시거든요."

바이츠메네는 아무 코멘트 없이 부드러운 미소로 그녀의 설명을 받아들였지만, 그 미소에서 그가 무슨 생각을 하는지 추론해 낼 수는 없었다. 그는 고개만 끄덕였을 뿐이다. 그가 다시 두 손을 비볐다면, 아마 카타리나 블룸의 진술로 자신의 추리 중 한 가지는 확인된 셈이었기 때문일 것이다. 한동안 정적이 흘렀다. 마치 그 자리에 있는 사람들이 놀랐거나 난감하게 느낀 것처럼 말이다. 블룸이 처음으로 내면의 깊은 곳에서 뭔가를 꺼내 보인 것 같았다. 그 밖의 다른 압수품들에 대한 설명도 신속하게 처리되었다.

4. 한 권의 앨범에는 인물 사진만 들어 있었고, 사진 속 인물이 누구인지는 쉽게 확인할 수 있었다. 카타리나 블룸의 아버지 사진. 그는 병들고 불만에 가득 차 보였고 실제 나이보다 훨씬 더 늙어 보였다. 그녀의 어머니 사진. 그녀가 암으로 죽어 가고 있는 것은 확실했다. 그녀 자신의 사진. 네 살, 여섯 살의 그녀, 첫 영성체를 받는 열 살의 그녀, 갓 결혼한 스무 살 신부인 그녀, 그녀의 남편, 게멜스브로이히의 신부, 이웃들, 친척들, 엘제 볼터스하임의 다양한 사진들. 얼른 알아볼 수 없었던 중년 신사의 사진. 그는 상당히 생기 있어 보였는데, 바로 형사 처벌을 받았던 페너른 회계사로 밝혀졌다. 바이츠메네의 추리와 관련될 법한 인물의 사진은 없었다.

5. 카타리나 브레틀로라는 이름과 결혼 전의 성 블룸이 기재된 여권과 관련해 여행에 대한 질문들이 제기되었고, 카타리나는 아팠을 때 며칠을 제외하고는 아직 한 번도 "제대로

여행을 떠나" 본 적이 없고 언제나 일만 했다는 사실이 밝혀졌다. 그녀는 페너른 씨나 블로르나 씨에게서 휴가비를 받기는 했지만 계속 일을 하거나 임시직을 얻어 일했다.

6. 낡은 프랄린 상자. 내용물은 편지 몇 통. 그녀의 어머니, 오빠, 남편, 볼터스하임 부인에게서 받은 편지로 모두 합쳐야 한 다스도 되지 않았다. 어느 편지에도 그녀의 혐의와 관련해 단서가 될 만한 것은 전혀 없었다. 그 밖에 이 상자에는 독일군 상병 시절의 아버지와 타악기 연주단의 단복을 입은 남편의 모습을 담은 낡은 사진이 몇 장 더 있었고, 격언이 쓰인 달력에서 찢어 낸 종이 몇 장, 자기만의 요리법을 직접 써서 모아 둔 꽤 두툼한 묶음, 그리고 '소스 만들기에 셰리주를 활용하는 방법에 관하여'라는 소책자가 들어 있었다.

7. 각종 자격증, 졸업증, 증서, 이혼 서류 일체, 그리고 그녀가 소유한 아파트와 관련하여 공증한 증명서들을 묶은 서류철 하나.

8. 열쇠 꾸러미 세 개. 이미 그사이 그녀 아파트, 블로르나 씨와 히페르츠 씨의 집 열쇠와 여러 장롱 열쇠라는 것이 검토 확인되었다.

위에 제시된 물건들에서 어떤 혐의점도 발견되지 않았고 조서에도 그렇게 기록되었다. 자동차 기름 값과 주행거리에 대한 카타리나 블룸의 설명이 아무 코멘트 없이 받아들여졌다.

바이츠메네는 이 순간에야 비로소 브릴리언트컷을 한 다이아몬드가 박힌 루비 반지를 주머니에서 꺼냈다. 카타리나에게 내밀기 전에 옷소매에 문질러 반짝거리게 닦았던 걸로 보아 반지를 싸지도 않은 채 주머니에 넣어 둔 모양이었다.

"이 반지 잘 알고 있지요?"

"네." 그녀는 망설이거나 당황하지 않고 대답했다.

"이 반지, 당신 거요?"

"네."

"이 반지 가격이 얼마나 되는지 알고는 있소?"

"자세히는 모릅니다. 그리 비싸지는 않을 거예요."

"자, 그럼." 바이츠메네는 친절하게 말했다. "우리가 반지 감정을 해 보았습니다. 신중을 기하기 위해 경찰서 전속 감정사뿐만 아니라, 어떠한 경우에도 당신에게 부당하지 않도록, 이 도시의 보석 전문가에게도 감정을 의뢰했습니다. 이 반지는 8000에서 1만 마르크 상당의 값어치가 나갑니다. 그걸 몰랐나요? 당신 말은 믿겠소. 그렇지만 당신이 어떻게 이 반지를 갖게 되었는지는 설명해 주어야겠소. 강도죄는 이미 확인되었고 살인 사건의 유력한 용의자이기도 한 범인을 수사하는 과정에서 나온 이런 반지는 결코 사사로운 것이 아니며, 수백 킬로미터의 빗길을 몇 시간 동안 자동차를 타고 달리는 것처럼 사적이거나 내밀한 것도 절대 아닙니다. 대체 이 반지는 누가 준 거요? 괴텐이요, 아니면 방문한 신사요? 그것도 아니면, 당신은, 농담처럼 이렇게 불러도 된다면 숙녀 방문객인 당신은 수천 킬로미터의 빗길을 달려 노내세 어니로 간 거요? 어느 보석상에서 이 반지가 나왔는지, 구입한 건지 훔친 건지 우리가 조사 확인하는 것은 쉬운 일입니다. 그렇지만 난 당신에게 기회를 주고 싶소. 나도 당신이 직접 범죄에 가담했다고는 생각하지 않소. 하지만 당신이 너무 순진하고 지나치다 싶을 정도로 낭만적이라는 생각이 듭니다. 당신은 나에게, 우리에게 어떻게 설명하겠소? 새치름하고 뻣뻣하다고까지 알려져 있고, 지인들과 친구들 사이에서 '수녀'라는 별명을 가지고 있으며, 분위기가 난잡하다는 이유로 디스코텍에 가기를 꺼리고 남편이 '치근댄다'는 이유로 이혼한 당신이 이 괴텐이라는 자를 그저께야 비로소 알게 되었는데, 바로 그날로, 그 자리에서 당장이라고도 말할 수 있을 거요, 당신의 아파트로 데리고 가, 거기서 아주 급속도로, 말하자면 비밀스러운 관계를 가졌다는 것을 대체 어떻게 설명하겠소? 당신은 그것을 뭐라 하겠소? 첫눈에 반한 사랑? 열애? 다정함? 거기에 혐의를 완전히 벗겨주지 못하는, 아귀가 맞지 않는 점 몇 가지가 있다는 걸 모르겠소? 그뿐만이 아니오."

그때 그는 양복 주머니에 손을 넣어 커다란 흰색 편지 봉투를 꺼냈고, 그 속에서 크림색 속지를 댄 상당히 사치스러워 보이는 보랏빛 보통 편지 봉투를 꺼냈다. "이 빈 봉투를 당신의 침대 옆 탁자 서랍에서 이 반지와 함께 발견했소, 봉투에는 1974년 2월 12일 오후 6시 뒤셀도르프 역 우체국의 소인이 찍혀 있고 수신인이 당신으로 되어 있소. 나 원 참."

바이츠메네는 이어서 계속 말했다.

"당신에게 남자 친구가 있어서 가끔 그를 방문하기도 하고 차를 몰고 찾아가기도 하고 그가 당신에게 편지를 쓰고 선물을 했다면, 우리에게 말하시오. 그것은 범죄가 아닙니다. 당신이 책임져야 할 부분은 오로지 괴텐과 관계되는 일뿐입니다."

그 자리에 있는 사람들 모두에게 분명해진 사실은, 카타리나가 그 반지를 알아봤지만 그 가치는 몰랐었다는 점과, 여기서 다시 신사의 방문이라는 까다로운 화제가 대두되었다는 점이다. 그녀는 자신의 평판에 흠집이 났다고 생각해서 다소 창피해했을까, 아니면 그녀가 이 사건에 끌어들이고 싶지 않은 다른 누군가의 명예에 흠집이 났다고 생각했을까? 이번엔 그녀의 얼굴이 약간 붉어졌을 뿐이다. 괴텐을 여자의 환심이나 얻으려 애쓰는 남자로 만드는 것이 상당히 신빙성 없어 보임을 알았기 때문에 그 반지를 괴텐한테서 받았다고 진술하지 않은 게 아닐까? 그녀는 조서 작성을 위해 진술할 때 여전히 침착했고 거의 '온순'해 보이기까지 했다. "맞아요. 볼터스하임 부인 집에서 열렸던 댄스파티에서 난 괴텐하고만 진심으로 춤을 추었고, 그를 난생처음 만났고, 그의 성은 목요일 오전 경찰 심문을 받을 때 비로소 알게 되었습니다. 난 그가 아주 다정하다고 느꼈고 그건 그도 마찬가지였어요. 밤 10시경 나는 볼터스하임 부인의 집을 떠났고 루트비히 괴텐과 함께 내 아파트로 왔어요.

"보석의 출처는 말할 수 없습니다. 아니, 정정하겠어요. 난 말하고 싶지 않습니다. 부정한 방법으로 가지게 된 것이 아니기 때문에 그 출처를 설명할 의무를 못 느끼겠어요. 내게 보여 준 그 편지를 누가 보냈는지도 모릅니다. 그건 흔히 볼 수 있는 광고 우편물 중 하나였던 게 분명합니다. 나는 이제 요식업계에서는 어느 정도 알려져 있습니다. 어떤 광고물 하나가 발신자도 밝히지 않고 돈깨나 들여 꾸민 봉투에 넣어 발송되었다는 것에 대해서는 나도 설명할 길이 없군요. 하지만 한 가지 언급해 두고 싶은 것은, 몇몇 요식업체는 기꺼이 품위 있는 우아한 모습을 보여 주고자 한다는 겁니다."

그리고 왜 그녀가 하필 그날, 그러니까 분명히 그리고 본인도 인정했듯이 그렇게 차를 몰고 다니기를 좋아하는데, 왜 그날은 전철을 타고 볼터스하임 부인의 집에 갔느냐는 질문에, 그녀는 얼마나 술을 마시게 될지 몰랐고, 차를 가지고 가지 않는 게 더 안전할 거라 생각했다고 대답했다. 술을 많이 마시는지 혹은 이따금 취하기도 하는지를 묻는 질문에는, 아니라고 대답했다. 그녀는 거의 술을 마시지 않으며, 술에 취한 적은 딱 한 번, 그러니까 타악기 연주단의 사교 모임이 있던 날 저녁에 남편의 권유로 그 앞에서 억지로 술을 마시고 취하게 되었을 때뿐이라고, 그때 마신 술은 레모네이드 맛이 나는 아니스 종류였다고 했다. 꽤 비싼 이 술은 취하게 만들기에 딱 좋다고 나중에 사람들이 그녀에게 말해 주었다고 한다. 그럼 그녀는 본래 술을 많이 마시지 않는데, 혹시 술을 많이 마시게 될까 봐 걱정했다는 설명은 앞뒤가 맞지 않으며, 그렇다면 그녀가 괴텐과 정기적으로 약속을 해 온 것처럼 보일 수밖에 없다는 생각은 할 수 없었는지, 다시 말해 그녀가 자신의 차가 필요하지 않고 그의 차로 집에 오게 될 것을 이미 알고 있었던 거 아니냐는 반론 내지는 이의를 제기받자, 그녀는 고개를 설레설레 흔들며 자신이 말한 그대로라고 했다. 그 후 딱 한 번 술에 잔뜩 취하고 싶은 기분이 든 적이 있기는 했지만, 그러지 않았다고 했다.

점심시간 이전에 한 가지가 더 해명되어야 했다. 왜 그녀는 저금통장도, 수표책도 없는가. 어딘가에 또 다른 계좌가 있는 것은 아닌가 하는 것이었다. 그녀는 그렇지 않다고, 스파카세의 계좌 외에 다른 계좌는 없다고 했다. 그녀는 마음대로 쓸 수 있는 돈이 생기면 아무리 작은 액수라고 해도 이자가 높은 신용 대출을 상환하는 데 즉각 사용한다고 했다. 대출 이자는 예금 이자보다 보통 거의 두 배쯤 높고, 일반 계좌에는 이자가 거의 붙지 않는다는 것이었다. 게다가 수표 거래는 너무 비싸고 번거롭기 때문에 전기세와 전화 요금 등의 공과금, 생활비, 자동차 유지비는 현금으로 지불한다고 했다.

25

긴장이라고도 할 수 있는, 정말로 불가피한 정체된 상황들이 있다. 물을 뺀 바닥이 금방 보이도록 모든 원천의 방향을 단숨에, 그리고 한꺼번에 돌리고 바꿀 수는 없기 때문이다. 그러나 불필요한 긴장은 피해야 하고, 여기서는 이날 금요일 오전에 바이츠메네뿐만 아니라 카타리나도 그렇게 완곡하게, 거의 부드럽다고 할 정도로 온순했던 까닭이 무엇이었는지 설명되어야 한다. 카타리나는 심지어 겁을 먹었거나 위축된 듯했다. 볼터스하임 부인의 이웃에 사는 친절한 여자가 집 문 아래로 밀어 넣어 준《차이퉁》이 이 두 여자에게 분노, 화, 격분, 수치심, 두려움을 불러일으켰지만, 당장 블로르나와 통화를 하고는 누그러졌다. 깜짝 놀란 이 두 여자가 《차이퉁》을 대충 훑어보고 카타리나가 블로르나와 통화한 직후, 벌써 플레처 부인이 나타나 카타리나의 아파트는 당연히 감시받고 있고 그 때문에 그녀가 여기 볼터스하임 부인의 집에 있을 거라고 생각했다고 솔직하게 털어놓았으며, 이제 유감스럽게도──유감스럽게도 볼터스하임 부인 역시──심문을 받아야 한다고 했다. 그때 플레처 부인의 솔직하고 친절한 태도 때문에 《차이퉁》에 대한 두려움은 일단 사그라졌고 카타리나에겐 행복하게 여겨졌던 지난밤의 일들이 전면에 부각되었다. 루트비히가 그녀에게 전화를 했다. 그것도 바로 거기에서 말이다! 그는 그토록 사랑스러웠고, 그래서 화가 나는 일에 대해서는 그에게 일언반구도 하지 않았다. 그가 자신이 바로 이런 고통의 근원이라고 느껴서는 안 되기 때문이다. 그들은 사랑에 대해서도 이야기하지 않았는데, 그런 이야기는 그와 함께 차를 타고 집으로 올 때 이미 그녀가 분명히 하지 못하게 했었다. 아니, 아니다. 그녀 자신은 잘 지내고 있고, 물론 언제나 그의 곁에 있을 수 있다면, 아니면 적어도 오랫동안 함께 있을 수 있다면 더 좋겠고, 영원히 그럴 수 있다면야 당연히 제일 좋겠다고 했다. 또 자신은 카니발 기간 내내 쉴 것이고 결코, 결단코 그 외의 다른 남자와 다시는 춤을 추지 않을 것이며, 남미의 춤 외에 다른 춤은 추지 않을 것이고, 그것도 오직 그하고만 출 거라고도 말했으며, 그곳이 어떤지 물었다. 그는 잠도 푹 잤고 아주 잘 먹었다고, 그리고 그녀가 사랑 이야기는 하지 말라고 했지만, 그래도 자신은 그녀를 매우, 매우, 매우 좋아한다고 말하고 싶다고 했다. 여러 달, 아니 1년 혹은 2년 후가 될지 언제가 될지 아직 모르고 어디로 갈지도 지금은 알 수 없지만 그녀를 데리고 갈 거라고 말했다. 아주 다정한 연인들이 전화로 수다를 떨듯이 그렇게 그들은 계속 이야기했다. 은밀한 표현은 전혀 하지 않았고, 바이츠메네가 (혹은 하흐가 그럴 가능성이 점점 더 커 보인다.) 거칠게 다루었던 그 과정에 대해서조차 한마디도 하지 않았다. 기타 등등. 다정함을 느끼는 사람들이 서로에게 얘기할 법한 것들에 대해서. 상당히 오래. 십 분가량. 어쩌면 더 오래였을 거라고 카타리나가 엘제에게 말했다. 다정한 두 사람이 구체적으로 어떤 표현들을 썼는지와 관련해서는 현대 영화들을 참조할 수도 있을 것이다. 종종 멀리 떨어져 있는 사람들이 전화로 상당히 오래오래 그다지 중요해 보이지 않는 것들에 대해 수다를 떠는 영화 장면들을.

카타리나가 루트비히와 전화로 나눈 이 대화는 바이츠메네가 긴장을 풀고 친절하고 완곡하게 대할 수 있게 된 계기이기도 했는데, 카타리나가 왜 뻣뻣하고 무뚝뚝한 태도를 완전히 버렸는지도 그는 어렴풋이 알 수 있었지만, 그가 똑같은 이유는 아니더라도 똑같은 계기로 그렇게 기분이 좋아졌다는 것을 그녀는 당연히 예측할 수 없었다. (이런 주목할 만한 과정을 생각해 보면, 실제로 그런 전화 통화로 기뻐할 사람이 누구일지 모르는 일이기 때문에, 설사 다정한 속삭임은 없다고 해도 그로 하여금 좀 더 자주 전화를 걸게 할 필요가 있다.) 그렇긴 하지만 바이츠메네는 또 다른 익명의 전화에 대한 정보도 갖고 있었기 때문에 카타리나가 왜 두려워하는지도 알고 있었다.

이 장에서 이야기되고 있는 기밀 정보들의 원천을 캐묻지 말 것을 당부한다. 중요한 문제는 오직 정체된 옆 웅덩이를 뚫는 일이다. 정체된 웅덩이의 어설프게 생겨난 둑을 뚫어 물이 빠지게 하거나 흐르게 하는 작업이 중요하다. 정체된 웅덩이의 약한 둑이 무너지고 모든 긴장이 사라지기 전에.

26

오해가 생기지 않도록 분명히 해 둘 점은, 카타리나가 아파트에서 몰래 빠져나갈 수 있게 괴텐을 도와준 것은 정말로 처벌받을 만한 짓이라는 것을 엘제 볼터스하임이나 블로르나도 물론 알고 있었다는 사실이다. 그녀 자신도 그의 도주를 도왔을 때, 설사 이 경우 진짜 범죄는 아니라 해도 분명 범법 행위임을 이미 알고 있었던 것이 틀림없다! 플레처 여경이 심문을 위해 엘제 볼터스하임과 카타리나를 연행하기 바로 직전에, 볼터스하임 부인이 그녀에게 대놓고 그건 범법 행위였다고 말했다. 블로르나는 바로 가까운 기회를 보아 카타리나에게 그녀의 행동이 처벌 가능함을 지적해 주었다. 또한 카타리나가 볼터스하임 부인에게 괴텐에 대해 했던 말 역시 어느 누구에게도 비밀로 할 수 없는 것이었다. "맙소사, 그는 오기로 예정되어 있는 바로 그 남자였어요. 그와 결혼해서 아이를 가질 수 있다면 좋겠어요. 그가 감방에서 나올 때까지 몇 년 동안 기다려야 한다고 해도요."

27

이로써 카타리나 블룸의 심문은 종결된 것으로 볼 수 있었다. 그녀는 볼터스하임 부인의 집 댄스파티에 참석했던 다른 사람들과 대질할 경우를 위해 대기하기만 하면 되었다. 이제 한 가지 의문이 설명되어야 했다. 이 의문은 바이츠메네의 약속론 내지는 공모론과 관련해 아주 중요한 것이었다. 루트비히 괴텐은 어떻게 해서 볼터스하임 부인의 댄스파티에 올 수 있었는가?

집으로 갈지 아니면 허용된 장소에서 기다릴지는 카타리나 블룸의 재량에 맡겨졌지만, 그녀는 집에 가기를 거부했다. 자신의 아파트에 이제는 넌더리가 난다고 하면서, 차라리 볼터스하임 부인의 심문이 끝날 때까지 용의자 구치소에서 기다렸다가 함께 집으로 가겠다고 했다. 이 순간에야 비로소 카타리나는 이틀 치 《차이퉁》을 핸드백에서 꺼내 보고, 국가가 (이렇게 그녀는 표현했다.) 이런 오욕으로부터 그녀를 보호해 주고 그녀의 잃어버린 명예를 회복시켜 주기 위해 할 수 있는 일이 전혀 없는지 물었다. 그사이 그녀는, 심문이 왜 '삶의 세세한 구석까지 파고드는지' 잘 이해할 수는 없지만, 그런 심문이 전적으로 정당하다는 것쯤은 아주 잘 알게 되었노라고 했다. 하지만 심문할 때 거론된 세세한 사항, 신사의 방문 같은 문제들을 어떻게 《차이퉁》이 알게 되었는지, 게다가 어떻게 하나같이 왜곡되고 오도된 진술로 알게 되었는지 그녀는 도무지 납득이 가지 않는다고 했다. 여기에서 하흐 검사가 끼어들어 당연히 괴텐 사건에 대한 사회적 관심이 지대한 터라 언론의 보도가 있을 수밖에 없고, 아직 기자회견은 없었지만 카타리나의 도움 때문에 가능했던 괴텐의 도주로 인해 이제 불가피하게도 두려움과 격분을 감출 수 없기 때문인 것 같다고 말했다. 게다가 이제 그녀는 괴텐과의 친분 관계 때문에 '시대사적인 인물'이 되었으며 이로써 당연히 관심을 가질 권리가 있는 여론의 관심의 대상이 되었다고 했다. 모욕적이고 어쩌면 중상일 수 있는 언론 보도의 세부 사항들에 대해서는 그녀가 개인적으로 소송을 제기할 수도 있으며 수사 당국 내부에 '허술한 부분'이 있다고 밝혀지는 경우에는 당국이 (그녀는 이를 신뢰해도 좋다고 한다.) 그에 대해 소송을 걸고 그녀의 권리를 위해 도울 거라고도 했다. 그러고 나서 카타리나 블룸은 용의자 구치소로 호송되었다. 감시는 그다지 심하지 않았다. 그저 더 젊은 여경 보조 레나테 췬다흐를 그녀 옆에 있게 했다. 여경 보조는 무장하지 않고 그녀 옆에 머물렀다. 나중에 여경 보조가 보고한 바에 따르면, 카타리나 블룸은 두 시간 삼십여 분 동안 이틀 치 《차이퉁》을 읽는 것 외에는 아무것도 하지 않았다. 차와 빵도 거부했다고 한다. 물론 공격적인 태도가 아닌, '거의 친절하게, 그러나 무감각한 표정으로'. 그녀, 그러니까 레나테 췬다흐가 카타리나 블룸의 관심을 다른 데로 돌리려고 유행, 영화, 댄스 들에 대한 대화를 시도했지만, 그녀는 일체의 대화를 거부했다고 한다.

그러고 나서 그녀는 《차이퉁》 읽기에 완전히 몰두하고 있는 블룸을 돕기 위해 잠시 동료 휘프텐에게 감시를 맡기고, 블룸이 연루되어 심문받은 내용, 그녀가 수행했을 만한 역할에 관해 철저히 객관적인 형식으로 보도한 다른 신문들을 문서실에서 가져다주었다고 한다. 3, 4면에 실린 짧은 기사에서는 블룸의 성과 이름을 전부 밝히지 않고 가정부 카타리나 B양으로만 언급했다고 한다. 예를 들어 《움샤우》[6] 지에는 열 줄 정도의 기사가 났고 물론 사진도 실리지 않았으며 전혀 결함 없는 사람이 불운하게 사건에 연루되었노라 보도했다고 한다. 그녀가 블룸에게 가져다준 오려 낸 신문 기사 열다섯 장은 카타리나를 전혀 위로하지 못했고, 그녀는 그저 이렇게 묻기만 했다고 한다. "대체 누가 이걸 읽겠어요? 내가 아는 사람들은 하나같이 《차이퉁》을 읽거든요!"

28

어떻게 괴텐이 볼터스하임 부인 집에서 열린 댄스파티에 올 수 있었는지 명확히 밝히기 위해, 우선 볼터스하임 부인이 심문을 받았는데, 처음부터 분명해진 사실은, 볼터스하임 부인이 그녀를 심문하는 모든 관계자에게 명백한 적의를 표현하지는 않았다고 해도 블룸보다는 더 적개심에 차 있었다는 것이다. 그녀는 1930년에 태어나 현재 마흔네 살이며 미혼이고 직업은 가정부이나 이 분야의 정규교육을 받지는 않았다고 진

6) 독일어로 'Umschau'는 둘러보기, 전망, 조망 등의 뜻을 지닌다.

술했다. 이 사건에 대한 의견을 말하기 전에 '전혀 동요하지 않은, 마른 가루처럼 건조한 목소리로' 《차이퉁》이 카타리나 블룸을 취급하는 행태에 대해서, 그리고 심문에서 알아낸 세부 사항들을 이런 종류의 언론에 전달했다는 것에 대해서 의견을 표명했다. '그 목소리는 욕을 하고 고래고래 소리치는 것보다 분노를 전하는 데 훨씬 효과적이었다.' 물론 카타리나 블룸이 조사를 받아야 할 입장이라는 것은 그녀도 분명히 알고 있지만 지금 벌어지고 있는 바와 같이 "한 젊은이의 삶을 파괴하는 것"에 대해서는 책임을 져야 하는 게 아닌지 자문했다고 한다. 그녀는 카타리나가 태어날 때부터 알고 지내 왔는데, 벌써 어제부터 그녀에게서 파경과 혼란스러운 심경이 나타나고 있음을 보고 있다고 했다. 자신이 심리학자는 아니지만, 카타리나가 아파트에 그토록 애착을 보여 왔고 그 아파트를 얻기 위해 오래 일해 왔는데, 이제는 거기에 관심이 전혀 없다는 것은 일종의 경고 신호라고 본다는 것이다.

신랄하게 비난하는 볼터스하임의 능변을 막기란 어려웠다. 바이츠메네도 도저히 그녀를 당해 낼 재간이 없었다. 그가 그녀의 말을 가로막고 괴텐을 집에 들인 것에 대해 그녀를 비난하자, 그녀 자신은 그의 이름을 전혀 몰랐고 그가 자기소개도 하지 않았으며 자신도 소개받으려고 하지 않았다고 말했다. 그녀가 알고 있는 것은, 문제의 수요일 저녁 7시 30분경 헤르타 쇼이멜이 그를 데리고 왔으며, 그녀의 여자 친구 클라우디아 슈테름도 아랍 족장으로 변장한 남자를 데리고 함께 왔다는 것이며, 그 남자에 대해서 아는 것은 이름이 카를이고 나중에 진짜 이상한 행동을 했다는 것뿐이라고 했다. 이 괴텐이라는 자와 어떻게 만나게 되었는지에 대해서는 말할 게 없다면서, 예전에 그의 이름을 들어 본 적도 없고, 자신이 카타리나의 삶에 대해 시시콜콜 다 안다고도 했다. 그러나 카타리나의 '기이한 드라이브'에 관한 진술을 들이대자, 그녀는 그 점에 대해서는 아는 바가 없다고 인정할 수밖에 없었고, 이로써 카타리나 삶의 모든 부분을 시시콜콜 잘 알고 있다는 그녀의 말은 치명타를 입었다. 신사들의 방문에 대해 말을 꺼내자, 그녀는 당황하면서 카타리나가 그 점에 대해 아무 말도 하지 않았기 때문에 자신도 진술을 거부하겠다고 했다. 그녀가 그에 대해 할 수 있는 유일한 말은 그것이 "상당히 유치한 사건"이라는 것이며, 그리고 덧붙여 말하길 "내가 유치하다고 한 것은 카타리나가 아니라 그 방문객이 그렇다는 겁니다."라고 했다. 카타리나가 그녀에게 모든 것을 말해도 좋다는 전권을 위임한다면, 자신이 아는 것을 전부 이야기하겠다고 했다. 카타리나가 차를 몰고 그 신사한테 갔을 거라는 추측은 말도 안 된다고 했다. 그렇다. 그런 신사가 있기는 하다면서, 카타리나가 그에 대해 더 자세히 말하기를 망설인다면, 그를 만인의 웃음거리로 만들고 싶지 않아서일 거라고 했다. 아무튼 이 두 경우, 괴텐과 신사 방문의 경우에 카타리나 블룸의 역할은 전혀 의심의 여지가 없다고 했다. 카타리나는 항상 부지런하고 단정하며 다소 수줍음을 타는, 아니 좀 더 정확하게 말하면, 주눅이 든 아가씨였고, 어렸을 때는 경건하고 교회에 충실했다고 했다. 그러나 그 후 그녀의 어머니는 (그녀도 게멜스브로이히의 교회에서 청소 일을 했다.) 여러 차례 난잡한 행동을 한 것이 발각되었고, 심지어 한번은 성물 보관실에서 성물 간수인과 함께 미사용 포도주 한 병을 마시다가 들통이 났다고 했다. 그 사건으로 "방탕한 술판"이었느니 하며 한바탕 스캔들이 일어났고, 카타리나는 학교 신부님의 홀대를 받았다고 했다. 그렇다. 카타리나의 어머니, 블룸 부인은 심리적으로 아주 불안정했고 이따금 알코올중독 상태에 빠지기도 했다고 말했다. 그러나 언제나 불평만 일삼는 병든 이 남자, 즉 전쟁에서 폐인이 되어 돌아온 카타리나의 아버지를 생각해 봐야 하고, 그리고 홧병이 난 어머니와 행실이 나쁘다고 할 수 있는 오빠도 생각해 봐야 한다는 것이다. 볼터스하임 부인은 몹시 불행했던 결혼 생활에 대해서도 잘 알고 있다고 했다. 자기는 처음부터 그 결혼을 말렸다고 했다. 브레틀로는 전형적인 아첨꾼으로 (그녀는 이런 표현을 사용하는 것에 양해를 구한다고 했다.) 일반 관청이든 교회 소속 관청이든 어디서나 설설 기며 아부를 늘어놓을 뿐만 아니라, 밉살스러운 허풍쟁이라고 했다. 그녀는 카타리나가 이른 나이에 결혼한 것이 끔찍한 가정환경에서 도피하기 위한 것이었다고 생각하며, 보다시피 카타리나는 가정환경과 신중하지 못했던 결혼 생활에서 벗어나자마자, 바로 모범적으로 자신을 발전시켰다고 말했다. 그녀의 직업적 자격은 의심의 여지가 없으며, 그것을 그녀, 볼터스하임 부인은 구두로뿐만 아니라 필요하다면 서면으로도 확증하고 보증할 수 있고, 자신이 수공업 조합의 시험 위원으로 있다고 말했다. 사적으로나 공적으로나 손님을 맞이하는 새로운 형식이 점점 더 '조직화된 뷔페주의'라고 불리는 형태로 유행함으로써, 카타리나 블룸처럼 조직, 회계 그리고 미적인 방면에서까지 최고로 교육받고 수련을 쌓은 여자들에게 기회가 많아졌다고 했다. 그렇긴 하지만 지금, 《차이퉁》을 상대로 그녀의 명예 회복이 이루어지지 못한다면, 카타리나의 아파트에 대한 관심은 물론 직업에 대한 관심도 사라질 거라고 했다. 진술이 이 부분에 이르자 볼터스하임 부인에게도 "논쟁의 여지가 분명한 형태의 저널리즘을 형사적으로 추적하는 일"은 경찰이나 검찰청의 소관이 아니라는 사실이 공지되었다. 언론의 자유를 경솔하게 침해해서는 안 되며, 개인의 소송도 정당하게 취급되고 불법적인 정보의 원천에 대해서는 신원 미상의 인물에 대한 소송이 제기된다는 걸 그녀는 믿어도 좋다고 했다. 여기에서 언론의 자유와 정보의 비밀 보장을 위해 거의 열정적이라 할 만큼 변론을 하며, 질 나쁜 사람들과 어울리지도 그런 무리(모임)에 끼지도 않는 자라면 언론에도 그를 거칠게 묘사할 빌미를 결코 주지 않는 법임을 단호히 강조한 사람은 바로 젊은 코르텐 검사였다.

그러나 이 모든 것, 즉 괴텐과 아랍 족장으로 변장한 불길한 느낌을 주는 카를의 등장이 눈에 띌 정도로 방만했던 이 사교 모임의 분위기를 설명해 준다고 했다. 그래도 그 점이 그에게는 아직 충분히 설명되지 않았다면서, 관련되었거나 관련하고 있는 그 두 젊은 여자를 심문하면 납득이 갈 만한 설명을 듣게 되리라 예상한다고 했다. 그녀, 즉 볼터스하임 부인은 손님을 선별하는 데 전혀 엄격하지 않았다는 비난을 면할 수 없을 거라고 했다. 볼터스하임 부인은 아주 어린 신사 양반의 이 훈시를 사양했고, 자신이 그 두 젊은 여자를 초대할 때 남자 친구와 함께 오라고 했으며 손님들이 동반한 친구들에게 신분증과 전과 유무를 확인할 수 있는 경찰의 신원 조회서를 보여 달라고 할 생각은 전혀 없다고 꼬집어 말했다. 그녀는 비난을 달게 받을 수밖에 없었고, 여기서 나이는 전혀 중요하지 않으며 코르텐의 검사라는 직책이 아주 중요한 역할을 하는 거라고 지적받지 않을 수 없었다. 아무튼 여기서는 진지한 사건, 즉 가장 심각한 경우는 아닐지라도 제법 중대한 폭력 범죄를 조사하는 중이고, 그 사건에는 틀림없이 괴텐이 관련되어 있다고 했다. 어떤 세부 사항과 훈시를 중요하게 여겨야 할지의 문제는 국가의 대변자인 자신에게 맡겨야 한다고도 했다. 괴텐과 신사 방문객이 동일 인물일 수 있느냐는 질문을 재차 받자, 볼터스하임은 아니라고, 그것은 절대 있을 수 없는 일이라고 했다. 그렇지만 "이 신사 방문객"을 개인적으로 알거나, 언젠가 본 적이 있는지, 만난 적이 있는지 다시 질문을 받자, 그녀는 아니라고 대답할 수밖에 없었다. 그녀는 카타리나의 기이한 드라이브 습관 같은 중요한 세부 사항을 모르고 있었기 때문에, 그녀의 심문은 불만족스럽다고 기록되었고, 일단 석방되기는 했지만 "잡음이 없지 않았다". 그녀는 분명히 화가 난 채로 취조실을 나서기 직전에 조서에 쓸 거리를 주었다. 아랍 족장으로 변장한 카를이 그녀에게는 괴텐만큼이나 의심스러워 보였다는 것이었다. 아무튼 그는 화장실에서 계속 혼잣말을 중얼거리다가 작별 인사도 없이 사라졌다고 했다.

29

열일곱 살의 점원 헤르타 쇼이멜이 괴텐을 파티에 데리고 온 게 확실하기 때문에, 그녀가 바로 다음 차례에 심문을 받았다. 그녀는 겁을 먹은 게 분명했고, 자신은 지금까지 단 한 번도 경찰과 관련된 적이 없다고 말했지만, 잠시 후 괴텐과의 친분 관계는 비교적 설득력 있게 설명했다. 그녀가 진술을 시작했다. "저는 초콜릿 공장에서 일하는 친구 클라우디아 슈테름과 함께 원룸 아파트에서 살고 있습니다. 우리는 쿠이르 오프터스브로이히 출신이고, 볼터스하임 부인과 카타리나 블룸의 먼 친척입니다. (쇼이멜이 조부모를 언급하면서 이들이 조부모의 사촌이라 말함으로써 얼마나 먼 친척인지 묘사하고자 했음에도 그들의 친척 관계를 상세히 묘사하는 것은 저지당했고 '먼'이라는 표현으로 충분하다는 말을 들었다.) 우리는 볼터스하임 부인을 아주머니라고 부르고 카타리나를 사촌으로 생각했습니다. 이날 저녁, 그러니까 1974년 2월 20일 수요일 저녁에 우리 둘, 클라우디아와 저는 무척 당혹스러웠습니다. 우리는 엘제 아주머니와 약속했었죠. 남자 친구들을 그 작은 파티에 데리고 오기로요. 그러지 않으면 댄스 파트너가 부족하기 때문이었을 거예요. 그렇지만 지금 제 남자 친구는 군 복무 중입니다. 좀 더 자세히 말하자면, 공병대에 근무하던 중에 갑자기 다시 정찰대로 파견되었지요. 전 그에게 그냥 도망쳐 나오라고 바람을 넣었지만, 그를 설득하지는 못했습니다. 왜냐하면 그는 이미 여러 번 도망친 적이 있었고, 그랬다가 발각되면 엄청나게 힘든 훈련을 받을까 두려워했기 때문입니다. 클라우디아의 남자 친구는 초저녁부터 벌써 술에 취해 억지로 재워야 했어요. 그래서 우리는 카페 폴크트로 가서 괜찮은 남자를 낚기로 했지요. 엘제 아주머니 댁에서 웃음거리가 되고 싶지 않았거든요. 카니발 시즌이면 카페 폴크트에서는 언제나 뭔가 일이 벌어졌어요. 댄스파티 전후에 혹은 이런저런 모임에 참석하기 전이나 후에 사람들은 그곳에서 만납니다. 그곳에선 언제나 젊은이들을 정말 많이 만날 수 있거든요. 수요일 늦은 오후에 벌써 카페 폴크트의 분위기는 아주 좋았어요. 저는 젊은 남자에게서 춤추자는 제안을 두 번이나 받았어요. 그의 이름이 루트비히 괴텐이고 수배 중인 중죄인이라는 것은 지금에야 알았지만요. 두 번째로 춤을 출 때 나와 함께 파티에 갈 생각이 없는지 그에게 물었죠. 그는 좋아라 하며 즉각 동의했습니다. 그는 여행 중이라 숙소도 없고 그날 저녁을 어디서 보내야 할지도 모르겠다면서 기꺼이 함께 가겠다고 했어요. 그 순간, 제가 막 이 괴텐과 이를테면 약속이란 걸 했을 때, 클라우디아는 아랍 족장으로 가장한 남자와 내 옆에서 춤을 추고 있었는데, 그들은 아마도 우리의 대화를 들었던 게 분명합니다. 아랍 족장으로 가장한 남자의 이름이 카를이라는 건 나중에야 알게 되었는데, 아무튼 그가 즉각 클라우디아에게 우스꽝스러울 만큼 겸손한 태도로 물었어요. 그 파티에 아직 그를 위한 과자가 남아 있느냐고, 그도 외롭고 어디로 가야 할지 아직 잘 모르겠다고 하면서요. 이제 이로써 우리 목적은 달성되었고 곧바로 루트비히, 그러니까 괴텐 씨의 차로 엘제 아주머니 댁으로 갔어요. 그의 차는 포르셰였는데 네 사람이 타기엔 그리 편하지 않았지만, 어차피 그리 오래 차를 탈 건 아니었으니까요. 우리가 누군가를 낚기 위해 카페 폴크트로 갈 거라는 걸 카타리나가 알았었냐고 묻는다면, 저는 그렇다고 대답하겠어요. 제가 아침에 카타리나가 일하는 블로르나 변호사 댁으로 전화를 걸어 그녀에게 말했거든요. 클라우디아와 내가 남자를 찾지 못하면 우리끼리 가야 할 거라고요. 우리가 카페 폴크트에 갈 거라는 말도 했어요. 그녀는 몹시 반대했어요. 우리가 너무 사람을 쉽게 믿고 경솔하다고 하더군요. 이 점에서 이젠 카타리나가 우스워졌지요. 그런 카타리나가 괴텐을 보자마자 독차지하다시피 하고는 저녁 내내 그와 춤을 추었을 때 전 더더욱 놀랐죠. 그들은 마치 이미 오래전부터 알고 지내 온 사이 같았거든요."

30

헤르타 쇼이멜의 진술은 그녀의 친구 클라우디아 슈테름에 의해 거의 한 마디도 다르지 않게 확인되었다. 딱 한 군데, 별로 중요하지 않은 점에서 일치하지 않기는 했지만. 다시 말해 헤르타가 괴텐에게서 춤추자는 제안을 받은 것보다 먼저 그녀가 카를에게서 제안을 받았기 때문에 그녀가 아랍 족장 카를과 춤을 춘 것은 두 번이 아니라 세 번이라는 것이다. 클라우디아 슈테름도 뻣뻣하기로 정평이 난 카타리나 블룸이 금세 괴텐을 신뢰하고, 그와 친해 보일 정도로 가까워진 것에 놀라움을 나타냈다.

31

집에서 열린 댄스파티에 온 사람들 중 세 명이 더 심문을 받아야 했다. 볼터스하임 부인의 남자 친구인 쉰여섯 살의 직물 판매업자 콘라트 바이터스, 행정관청 직원인 서른여섯 살과 마흔 두 살의 헤트비히와 게오르크 플로텐 부부가 그들이었다. 이 세 사람은 카타리나 블룸의 등장, 루트비히 괴텐을 동반한 헤르타 쇼이멜과 아랍 족장으로 가장한 카를을 동반한 클라우디아 슈테름의 등장에서부터 그날 저녁의 진행 상황을 똑같이 묘사했다. 그 밖에 즐거운 저녁이었다고 했고, 춤도 추고 서로 수다도 떨었으며, 그때 특히 카를이 웃겼다고 했다. 게오르크 플로텐은 "루트비히 괴텐이 카타리나 블룸을 전적으로 독차지"했던 것이 눈에 거슬렸다고 했다. 그렇게 표현할 수 있다면 말이다. 두 사람은 분명 자신들이 남의 눈에 거슬린다고 느끼지 못했을 테니까. 그들의 분위기는 진지하고 거의 장엄하기까지 해서 그날 저녁 카니발에 그다지 어울리지 않았다고 했다. 헤트비히 플로텐 부인은 카타리나와 루트비히가 떠난 뒤 신선한 아이스크림을 가지러 부엌에 갔을 때, 카를이라고 소개된 아랍 족장이 화장실에서 혼잣말을 중얼거리고 있는 이상한 장면이 눈길을 끌었다고 진술했다. 게다가 카를이라는 자는 그 직후 인사도 제대로 하지 않고 사라졌다고 했다.

32

다시 한 번 심문을 받기 위해 호송된 카타리나 블룸은 헤르타 쇼이멜과 나눈 전화 통화 내용을 확인해 주었지만, 그것이 그녀와 괴텐의 약속과 연관되어 있는지에 대해서는 예전과 마찬가지로 부인했다. 다시 말해 그녀가 헤르타 쇼이멜과 통화한 후 괴텐이 그녀에게 전화를 걸었고, 그녀는 교묘한 방법으로 이자를 카페 폴크트로 보내 쇼이멜에게 말을 걸도록 부추겼고, 이는 눈에 띄지 않게 볼터스하임 부인의 집에서 그를 만나기 위해서였다는 사실을 인정하라고 그녀에게 권유한 사람은 바이츠메네가 아니라 두 검사 중 젊은 쪽인 코르텐 검사였다. 쇼이멜이 상당히 요란하게 꾸미고 눈에 금방 띄는 금발이기 때문에 일이 아주 쉬웠을 거라고 하면서. 그사이 카타리나 블룸은 거의 완전히 무감각해진 표정으로 그저 고개만 설레설레 저으면서 거기에 앉아 이틀 치 《차이퉁》을 오른손으로 꽉 움켜쥐고 있었다. 그러고 나서 그녀는 풀려났고 볼터스하임 부인과 그녀의 남자 친구 콘라트 바이터스와 함께 경찰서를 떠났다.

33

서명 날인한 심문 조서를 다시 한 번 검토하고 빠뜨린 질문은 없는지 살펴보았을 때, 코르텐 검사는 카를이라 불리는 아랍 족장을 붙잡아 이 사건에서 아주 미심쩍은 이자의 역할을 진지하게 조사해야 하는 것은 아닌지 문제를 제기했다. "카를"이라는 자를 수배하라는 어떠한 조치도 취하지 않았다는 게 그는 너무나 놀랍다고 했다. 이 카를이라는 자가 괴텐과 함께 카페 폴크트에 나타나지는 않았다 해도 결국 함께 있었던 것이 분명하고 역시 그 파티에까지 파고들었으니, 그가, 즉 코르텐이 보기에는 카를의 역할이 의심스럽다고는 할 수 없어도 정말 이상하다고 했다.

여기 이 대목에서 그 자리에 있던 사람 모두가 웃음을 터뜨렸다. 내성적인 플레처 여경까지도 웃음을 참지 않았다. 조서 작성자인 안나 록스터 부인은 너무나 천박하게 웃는 바람에 바이츠메네에게 주의를 들어야만 했다. 그런데도 코르텐은 여전히 이해하지 못해서 결국 그의 동료 하흐가 설명해 주었다. 바이츠메네 수사과장이 그 아랍 족장을 의도적으로 간과하거나 언급하지 않고 내버려 둔 점이 분명하게 이해되지 않더냐고, 아니면 눈에 띄지 않았느냐고. 그래도 그가 "우리 사람들" 중 하나고 화장실에서 혼자 중얼거렸다는 것은 다름 아니라 괴텐과 그 사이 주소가 밝혀진 블룸을 추적하라는 지시를 받고 무전기로 동료에게, 물론 서툴기 짝이 없지만, 보고한 것임이 명명백백하다고 했다. "코르텐 검사, 올해는 몇 가지 분명한 이유 때문에 카우보이보다 아랍 족장이 더 유행이니 이런 카니발 시즌에 아랍 족장 의상으로 자신을 숨기는 게 최고라는 점도 분명히 이해되시지요." 바이츠메네가 덧붙여 말했다. "물론 우리는 처음부터 분명히 알고 있었소. 카니발이 강도들한테는 잠적을 용이하게 해줄 테지만 우리한테는 불리해서, 이미 서른여섯 시간 전부터 괴텐을 뒤쫓느라 뜨겁게 달아오른 우리 미행의 흔적을 놓치지 않고 유지하기 힘들 거라는 점을 말이오. 카니발 복장을 하지 않은 괴텐은 주차장에 서 있던 폴크스바겐 버스에서 밤을 보냈고, 그 후 어느 카페에서 아침 식사를 한 뒤 카페 화장실에서 면도를 하고 옷을 갈아입었지요. 그 주차장은 그가 나중에 포르셰를 훔친 곳이고요. 우리는 그자를 단 일 분도 눈앞에서 놓치지 않았소. 대략 한 다스의 공무원이 아랍 족장, 카우보이, 스페인 사람으로 변장하고 소형 무전기를 하나씩 소지한 채, 지난밤 댄스파티에서 마신 술이 덜 깬 사람인 양 위장하고서, 괴텐이 어떤 사람을 만나려고 하는지 바로바로 보고하기 위해 뒤를 밟고 있었던 거요. 괴텐이 카페 폴크트에 발을 들여놓을 때까지 접촉했던 사람들은 모두 붙잡아 조사했소.

어느 술집 종업원 한 명. 그가 일하는 바에서 괴텐이 맥주를 마셨소.

아가씨 두 명. 그들과 그가 어느 구시가지 술집에서 춤을 췄다고 하더군.

목재 시장 옆에 있는 주유소 주인. 거기서 훔친 포르셰에 주유를 했소.

담배 가게 점원 한 명.

은행 직원 한 명. 그한테서 아마도 은행을 털어 손에 넣은 듯한 미화 700달러를 환전했소.

이 사람들 모두 명명백백하게 계획적으로가 아니라 우연히 그와 접촉한 것이었음이 확인되었고, 이들 각자와 그가 주고받은 말들 중 단서가 될 만한 것은 한마디도 없었소. 그렇지만 블룸을 만난 것까지 우연이라고 생각하지는 않소. 그녀가 쇼이멜과 통화한 사실, 그녀가 아주 정확하게 볼터스하임 부인의 집에 나타났다는 사실, 이 두 사람이 처음부터 그 빌어먹을 친밀함과 다정함으로 춤을 추었다는 사실, (그러고 나서 그들은 얼마나 잽싸게 내뺐던가.) 이 모든 것은 만남이 우연이 아님을 말하는 거요. 그러나 무엇보다 중요한 것은, 그녀가 그를 소위 작별 인사도 없이 가게 했고 틀림없이 그 아파트 단지에서 빠져나가는 길을 알려 주어 우리의 삼엄한 감시를 벗어날 수 있게 했다는 사실이오. 우리는 그 단지를, 그러니까 그녀가 살고 있는 아파트 단지 내의 그 건물을 한순간도 놓치지 않고 감시했소. 물론 1.5평방킬로미터에 달하는 전 지역을 완벽하게 감시할 수는 없었소. 그녀는 도주할 수 있는 길을 잘 알고 있어 그 길을 그에게 알려 주었던 게 틀림없고, 그뿐만 아니라 나는 그녀가 그에게, 어쩌면 다른 이들에게도 숙소를 제공하는 역할을 했고 그가 어디에 있는지 정확히 알고 있다고 확신하오. 그녀의 고용주 집들은 이미 확인했고, 그녀의 고향 마을도 수색했소. 여기서 볼터스하임 부인을 심문하는 동안 그 집도 다시 한 번 더 철저하게 수색했소. 그러나 아무것도 나오지 않더군요. 내 생각에는 그녀를 자유로이 돌아다니게 하는 게 제일 나을 것 같소. 그녀가 실수를 하도록 말이오. 그럼 어쩌면 그녀가 남기는 흔적이 이 미심쩍은 신사들의 방문을 통해 그의 거처로 이어질지도 모르지. 아파트 단지 내의 도주로는 블로르나 부인을 통해 알게 되었을 거라고 난 확신하오. 요사이 우리한테도 '빨갱이 투르데'라고 알려진 블로르나 부인 말이오. 그녀는 이 단지의 설계에 참여했었소."

34

여기서 첫 번째 역류 정체, 즉 이야기의 흐름을 거꾸로 돌려 사건의 진전이 이루어지지 않고 정체된 상태인 회상법이 거의 끝나서, 금요일에서 다시 토요일에 이르렀다는 것을 알아야 한다. 모든 방법을 동원해, 더는 이야기의 흐름이 막히지 않도록 하고 불필요하게 긴장이 누적되는 것도 피할 것이다. 이런 현상을 완전히 피한다는 것은 어쩌면 불가능하겠지만.

카타리나가 금요일 심문이 끝난 후 엘제 볼터스하임과 콘라트 바이터스에게 자기 아파트에 먼저 들르자면서, 제발, 제발 아파트로 같이 올라가 달라고 청했다는 사실이 어쩌면 많은 것을 시사하는지도 모르겠다. 그녀는 무섭다고 말했다. 다시 말해 지난 목요일 밤, 괴텐과 통화한 직후 (심문할 때는 아니라도 그녀가 공공연하게 괴텐과의 전화 연락에 대해 말했다는 사실을 생각하면, 제삼자는 그녀의 순진함을 인정하지 않을 수 없을 것이다!) 뭔가 아주 끔찍한 일이 일어났다고 했다. 그녀가 괴텐과 통화하고 수화기를 막 내려놓자마자 또다시 전화벨이 울렸고, 그녀는 괴텐일 거라는 '희망을 억누르지 못한 채' 곧장 수화기를 들었다고 했다. 그러나 전화기에서 흘러나온 것은 괴텐의 음성이 아니라 "섬뜩할 정도로 낮은" 남자의 목소리로, "거의 속삭이듯이" 그녀에게 "추잡한 얘기"를 지껄여 댔다는 것이다. 불쾌했던 것, 아니 가장 불쾌했던 것은, 그자가 같은 아파트 주민이라고 밝히면서, 그녀가 그리도 다정함을 원할 때 왜 그렇게 멀리서만 남자를 찾느냐며 그는 이미 그녀에게 모든, 모든 종류의 다정함을 서비스할 준비가 되어 있고 그럴 수 있다고 한 것이다. 그렇다. 이런 전화 때문에 그녀가 한밤중에 엘제에게 갔던 것이라고 했다. 그녀는 두렵고, 특히 전화가 무섭다고 하면서 괴텐이 그녀의 전화번호를 가지고 있고 그녀는 그의 번호를 모르기 때문에 여전히 전화에 희망을 걸고 있지만 동시에 전화를 무서워하고 있다고 했다.

이제 여기서 알리지 않으면 안 되는 사실은, 블룸 앞에는 끔찍스러운 일만 기다리고 있다는 것이다. 우선 지금까지 그녀의 삶에서는 그다지 큰 역할을 하지 않았던 편지함이 문제였다. 그녀는 "사람들이 그렇게 하니까" 습관처럼 편지함을 들여다보긴 했지만 대개 헛수고였다. 그런데 금요일 오전에는 편지함이 정말 터질 듯했다. 하지만 카타리나는 결코 기쁘지 않았다. 결국 엘제 볼터스하임과 바이터스가 갖은 방법을 동원해 편지와 인쇄물 들을 그녀가 보기 전에 치워 버리려고 했지만 그녀는 흔들리지 않았고, 아마 자신이 사랑하는 괴텐이 살아 있다는 징표를 발견하길 희망하면서 대략 스무 통쯤 되는 우편물을 하나하나 살펴보았다. 루트비히에게서는 아무 소식도 받지 못한 게 틀림없었고, 그녀는 그 쓰레기 뭉치를 핸드백에 쑤셔 넣었다. 엘리베이터를 타는 것 자체가 이미 고통이었다. 아파트 주민 두 명도 함께 타고 올라갔기 때문이다. 아랍 족장으로 가장한 (거짓말처럼 들리겠지만 언급하지 않을 수 없다.) 한 신사는 분명히 애써 거리를 두려고 구석에 바싹 몸을 붙이고 서 있다가 다행히 5층에서 먼저 내렸고, 안달루시아 여인의 복장을 한 (미친 소리처럼 들리겠지만, 사실이다.) 한 부인은 가면으로 얼굴을 가린 채 카타리나로부터 등을 돌리지도 않고 바로 옆에 서서 "뻔뻔스럽고, 가혹한 갈색 눈"으로 거리낌 없이 호기심에 가득 차서 그녀를 훑어보았다. 그녀는 9층을 지나 더 위로 올라갔다.

경고하건대, 더 끔찍한 일이 닥칠 것이다. 마침내 카타리나가 바이터스와 볼터스하임 부인의 부축을 받으며 아파트에 발을 들여놓았을 때 전화벨이 울렸고, 이번에는 볼터스하임 부인이 카타리나보다 더 빨리 달려가 수화기를 들었다. 그녀의 놀란 표정도 창백해지는 얼굴도 보였으며, "빌어먹을 새끼, 비겁한 놈" 하고 중얼거리는 소리도 들렸다. 그리고 그녀는 영리하게도 수화기를 제자리에 올려놓지 않고 전화기 옆에 두었다.

볼터스하임 부인과 바이터스가 카타리나에게서 우편물을 빼앗으려고 애썼지만, 헛수고였다. 그녀는 편지와 인쇄물 뭉치를 방금 핸드백에서 꺼낸 이틀 치 《차이퉁》과 함께 꼭 움켜쥐고 우편물들을 뜯어 보겠다고 고집을 피웠다. 어쩔 수 없었다. 그녀는 하나도 빠짐없이 전부 읽었다!

모든 우편물이 익명은 아니었다. 익명이 아닌 제일 두툼한 편지 한 통은 인팀 페어잔트하우스(Intim-Versandhaus)라는 통신 판매 회사에서 온 것으로, 갖가지 섹스 용품 목록을 그녀에게 제시했다. 그것은 카타리나의 심정에 이미 지독한 충격을 가했는데, 더 몹쓸 것은 누군가가 손으로 덧붙여 쓴 글귀였다. "이것이야말로 진정한 다정함이다."

간단히 말해, 아니 차라리 그보다는 통계적으로 말하자면, 나머지 열여덟 통의 우편물 중 익명의 엽서 일곱 통은 손으로 쓴 '음탕한' 섹스 광고였고 어떤 식으로든 "공산주의자들의 암퇘지"라는 말을 사용했다.

다른 익명의 엽서 네 통에는 섹스 광고 없이 정치적인 욕설이 적혀 있었다. "빨간 두더지"에서 "크렘린 아줌마"에 이르기까지 다양한 욕설을 퍼붓고 있었다.

다섯 통의 편지에는 《차이퉁》의 기사가 오려 붙여져 있었는데, 대부분의 편지가, 그러니까 대략 서너 통은 가장자리에 빨간 잉크로 코멘트가 달려 있었다. 주로 "스탈린이 할 수 없었던 것은 너도 못 할 것이다."라는 내용이었다.

두 통의 편지는 종교적인 경고를 담고 있었는데, 두 경우 모두 동봉한 종교 책자에 이렇게 적어 놓았다. "넌 기도하는 법을 다시 배워야 한다, 가련한 탕아야." 그리고 "무릎을 꿇고 회개하라. 신은 아직 너를 완전히 포기하지 않았다."

이 순간에야 비로소 엘제 볼터스하임은 누군가가 문 밑으로 밀어 넣은 쪽지를 발견했다. 다행히 카타리나가 보기 전에 그 쪽지를 숨길 수 있었다. "너는 왜 내가 보낸 다정함의 카탈로그를 사용하지 않니? 내가 널 강제로 행복하게 해 주어야겠니? 네가 그리도 업신여기며 거절했던 너의 이웃. 내가 너에게 경고한다." 쪽지는 인쇄체로 쓰여 있었는데, 그 필체에서 엘제 볼터스하임은 그가 의학 교육까지는 아니더라도 대학 교육은 받았을 거라고 생각했다.

35

카타리나가 거실에 있는 작은 홈바로 가서 셰리, 위스키, 레드와인과 얼마 전에 개봉한 체리 시럽 병을 하나씩 집어 들고는 특별히 흥분하는 기색도 없이 흠집 하나 없는 벽을 향해 내던졌고, 그것들이 산산조각 나서 내용물이 이리저리 흘러내리는 모습을 볼터스하임 부인도, 콘라트 바이터스도 전혀 말릴 생각을 못 하고 그저 바라보고만 있었다는 것은 정말 놀랄 만한 일이다.

그녀는 작은 부엌에서도 똑같은 행동을 했다. 거기에서는 토마토 케첩, 샐러드 소스, 식초, 우스터 소스를 같은 목적으로 사용했다. 욕실에서는 크림 튜브, 크림 병, 파우더, 분밀, 목욕 용품들을, 침실에서는 오데콜롱 병을 던졌다는 것을 덧붙여야 할까?

그때 그녀는 이미 자신이 계획을 세웠던 대로 행동하는 것처럼 보였고, 전혀 흥분하지 않았으며, 너무나 확신에 차 있고 충분히 설득력이 있어 보여서, 엘제 볼터스하임과 콘라트 바이터스로서는 도저히 말릴 수 없었다.

36

카타리나가 처음으로 살해 의도를 품었거나, 살인 계획을 세우고 실행하기로 결심한 시점을 분석해 내려던 추리는 물론 상당히 많았다. 많은 이들은 이미 목요일자 《차이퉁》에 실린 첫 번째 기사만으로도 이미 충분했다고 생각하고, 또 다른 이들은 금요일을 결정적인 날로 보기도 한다. 왜냐하면 이날도 《차이퉁》은 카타리나를 가만히 내버려 두지 않았고 카타리나의 이웃과 그녀가 그리도 애착을 갖고 있던 아파트는 완전히 엉망이 된 (아무튼 주관적인 판단으로는) 것으로 밝혀졌기 때문이다. 게다가 익명의 전화, 익명의 우편물, 그리고 토요일자 《차이퉁》뿐만 아니라 (여기에서 미리 말해 두겠다!) 일요일에 발행되는 《존탁스차이퉁》까지. 그러한 추론들이 필요한가? 그녀는 살인을 계획했고 실행에 옮겼다. 그것만으로도 충분하다! 그녀의 내면에서 뭔가 "치밀어 올랐다"는 것, 특히 전남편의 진술이 그녀를 더욱 화나게 만들었다는 것은 확실하다. 그리고 이후 《존탁스차이퉁》에 실린 모든 기사가 감정을 풀어 주지 못한 것은 물론이거니와 결코 진정시켜 주지도 못했을 것임은 어느 정도 확실하다.

37

흐름의 역류 정체 현상, 즉 회상법이 완전히 끝난 것으로 간주하여 다시 토요일로 시선을 돌리기 전에, 금요일 저녁과 금요일에서 토요일로 넘어가는 밤 볼터스하임 부인의 집에서 일어난 일에 대해 좀 더 보고해야 한다. 전체 결과부터 말하자면, 놀라울 정도로 평화로웠다는 것이다. 댄스 음악을, 그것도 남미 음악을 틀어 놓고 춤을 추도록 카타리나를 부추기며 기분 전환을 시켜 주려 했던 콘라트 바이터스의 이런저런 시도들은 실패했다. 카타리나를 《차이퉁》이나 익명의 우편물들로부터 떼어 놓으려는 시도 역시 실패했고, 이 모든 일이 엄청나게 중요한 것도 아니고 지나고 나면 괜찮아지는 일시적인 것이라고 표현하려던 시도도 마찬가지였다. 더 나쁜 상황들도 극복해 오지 않았던가. 어린 시절의 불행, 그 몹쓸 브레틀로와의 결혼 생활, 어머니의 알코올중독과 "완곡한 표현으로 '타락', 결국 쿠르트의 비틀거리는 삶에도 책임이 있는 어머니의 그런 모습" 등을 말이다. 일단 괴텐이 안전하지 않은가? 그녀를 데리러 오겠다는 그의 약속을 진지하게 받아들이고 있지 않은가? 카니발 시즌 아닌가? 경제적으로 확실하게 보장되어 있지 않은가? 블로르나 부부나 히페르츠 부부처럼 끔찍이 친절한 사람들도 있지 않은가, 그 "속없는 얼간이"도 (신사 방문객의 이름을 대는 것은 여전히 부끄러운 일이었다.) 사실 우스꽝스러울 뿐 결코 스트레스를 주는 건 아니지 않나? 이때 카타리나가 반박하고 나섰다. 그 "빌어먹을 반지와 겉만 번지르르한 편지 봉투"를 지적하며, 이것이 그들 두 사람을 끔찍하게도 궁지로 몰아넣었고, 괴텐까지 의심받게 했다는 것이었다. 그 얼간이가 자신의 속없는 허영심 때문에 얼마나 많은 대가를 치르게 될지 그녀가 알 수나 있었을까? 아니, 아니다. 이제 그녀는 그자를 웃기다고 생각하지 않았다. 아니다. 실질적인 일들이 화제에 올랐을 때, 그녀가 새 아파트를 찾아야 하는지, 어디에서 찾을지 미리 생각해 두어야 하는 건 아닌지 등, 카타리나는 즉답을 피하면서 그녀가 유일하게 계획하고 있는 실질적인 일은 자신이 입을 카니발 의상을 한 벌 만드는 거라고 말했다. 그러고는 엘제에게 커다란 침대 시트 한 장을 빌려 달라고 부탁했다. 아랍 족장 의상이 유행이니 그녀 자신은 베두인 여자로 분장하고 "돌아다닐" 생각이기 때문이라고 했다. 도대체 불행한 일이 벌어지기는 했나? 자세히 보면 나쁠 것도 없다. 아니 좀 더 낫게 표현하자면, 거의 긍정적인 것뿐이다. 어쨌거나 카타리나는 "언젠가는 내 앞에 나타나기로 예정되어 있는 바로 그 남자"를 정말 만났고, 그와 함께 "사랑의 밤을 보냈으며", 그래 좋다, 그녀가 심문을 받기는 했지만, 루트비히가 사실 "바람둥이는 아닌 게" 분명하다. 그리고 《차이퉁》의 그렇고 그런 쓰레기 기사는 늘 있었고, 몇몇 몹쓸 놈들이 익명으로 전화를 걸거나 편지를 보내는 것도 마찬가지다. 그래도 삶은 계속되지 않는가? 루트비히는 아주 편안하게 (오직 그녀만, 그녀 혼자만 알고 있듯이) 잘 숨어 있지 않은가? 자, 카니발 의상을 만들자. 그걸, 아라비아 여인의 흰옷을 입으면 카타리나는 매력적으로 보일 것이다. 그녀는 그 옷을 예쁘게 차려입고 "돌아다닐" 것이다.

결국 자연도 자신의 권리를 요구한다. 그래서 잠이 살짝 들어 꾸벅꾸벅 졸고, 깨어났다가 다시 꾸벅 존다. 자, 술이나 한잔할까? 못 할 이유 없지? 참으로 평화로운 모습이다. 젊은 여자는 바느질을 하다가 꾸벅꾸벅 졸고 있고, 나이 지긋한 여자와 역시 중년인 남자는 "자연이 자신의 권리를 누릴 수 있도록" 그녀 주위를 조심스레 움직이고 있다. 자연은 그 권리를 마땅히 그리고 제대로 누려서, 새벽 2시 30분경에 전화벨이 울리지만 카타리나는 깨지 않는다. 감정에 치우치지 않고 이성적인 볼터스하임 부인이 수화기만 들면 두 손을 부들부들 떨기 시작한 까닭은 무엇인가? 몇 시간 전에 경험했던 그런 익명의 다정함을 기다리기라도 하는 걸까? 당연히 새벽 2시 30분은 통화하기에 두려운 시간이지만, 그녀는 수화기를 든다. 곧바로 바이터스가 수화기를 빼앗아 들고 "여보세요"라고 하자마자 전화는 끊어진다. 전화벨이 다시 울리고, 그가 수화기를 들어 "여보세요"라고 말하기도 전에 다시 전화가 끊어진다. 물론 《차이퉁》에 누군가의 이름과 주소가 실리면 그 사람의 신경을 건드리며 괴롭히는 사람들도 있다. 이제 수화기를 올려놓지 않는 게 차라리 나을 것이다.

토요일자 《차이퉁》만은 카타리나가 보지 못하게 하려고 마음먹었지만 엘제 볼터스하임은 잠들고 콘라드 바이터스는 욕실에서 면도를 하고 있는 잠깐 동안에 카타리나가 살짝 밖으로 빠져나가 어스름 새벽녘에 처음 눈에 띈 가장 좋은 《차이퉁》 무인 판매함을 부수고 열었다. 일종의 성물 절도 같은 짓이었다. 왜냐하면 그녀가 돈을 내지 않고 《차이퉁》을 빼냄으로써, 《차이퉁》의 신뢰를 악용했기 때문이다. 여기서 역류 정체 현상은 일단 끝난 것으로 볼 수 있다. 왜냐하면 이 순간이 바로 블로르나 부부가 의기소침하고 신경이 곤두선 채 우울한 기분으로 야간 열차에서 내린 후 나중에 집에서 보려고 같은 판 《차이퉁》을 손에 넣은 시간이기 때문이다.

38

블로르나 부부에게는 불쾌한, 그것도 아주 불쾌한 토요일 아침이다. 딱히 지난밤 이리저리 흔들리는 침대칸에서 거의 잠을 자지 못하고 뒤척였기 때문만도, 딱히 《차이퉁》 때문만도 아니었다. 블로르나 부인은 그 신문에 대해, 이 페스트가 세상 어디든 쫓아다니니 어느 곳도 안전하지 못할 거라고 말했다. 부부가 불쾌한 까닭은 영향력이 막강한 친구이자 사업 파트너가 '뤼스트라'에서 보낸 비난 가득한 전보 때문만도 아니었다. 하흐 때문이었다. 그들은 그에게 그날 너무 일찍, 한마디로 너무 일찍 (차라리 목요일에 전화할걸 그랬다고 생각한다면 너무 늦은 것이지만) 전화를 걸었다. 그는 그다지 친절하지 않았고, 카타리나의 심문은 끝났으며 그녀에 대한 소송 절차가 시작될지는 말할 수 없고, 이 순간 그녀에게는 틀림없이 도움이 필요할 거라고, 하지만 아직 법적인 도움이 필요하지는 않을 거라고 말했다. 지금은 카니발 시즌이며 검사들도 퇴근하고 이따금 파티에 갈 권리가 있다는 것을 잊었는가? 어쨌거나 24년 전부터 알고 지내 온 사이다. 함께 공부했고 팀파니를 치며 노래도 불렀고 등산도 했다. 그 스스로도 아주 불쾌하게 느끼고 있는 판에, 처음 몇 분간 기분이 좋지 않았기로서니 그리 대수는 아니다. 그러나 부탁이나 그 밖의 것, 특히 검사의 일에 관한 용건이라면 이렇게 전화로 할 게 아니라 직접 만나서 얘기하는 것이 나을 것 같다. 그렇다. 그는 그녀가 스트레스를 받고 있으며 많은 부분이 아주 불분명하지만 전부 밝혀지게 될 거라며 나중에, 오후에 만나서 이야기하자고 했다. 어디서? 시내에서. 산책하면서 이야기하는 것이 제일 좋겠다고 했다. 박물관 로비에서. 오후 4시 30분에. 카타리나의 아파트에 전화해서는 안 되며, 볼터스하임 부인이나 히페르츠 부부한테 걸어도 안 된다고 했다.

정리 정돈을 잘하는 카타리나의 손길이 없음을 이렇게 빨리, 이렇게 분명하게 느끼게 되는 것도 불쾌했다. 그저 커피를 따르고 크래커 빵, 버터와 꿀을 찬장에서 꺼내고 짐 꾸러미 몇 개를 복도에 세워 두었을 뿐인데, 삼십 분도 지나지 않아 벌써 집 안이 온통 뒤죽박죽으로 보이니, 어찌된 일인가. 결국 트루데도 신경이 곤두섰다. 그가 그녀에게, 대체 카타리나의 사건과 알로이스 슈트로입레더나 심지어 뤼딩의 사이에 어떤 관계가 있냐고 생각하는지 자꾸만 물었기 때문이다. 그녀는 아무 대꾸도 없이, 자꾸만 순진한 척하면서 반어적인 태도로 (평소에 그는 그녀의 그런 태도를 좋아했지만, 이날 아침에는 전혀 그렇지 않았다.) 이틀 치 《차이퉁》을 보라고 지적했고, 그에게 특별히 어떤 단어가 눈에 띄지 않느냐고 물었다. 그가 어떤 단어를 말하는 거냐고 묻자, 그녀는 조롱 섞인 암시를 하면서도 제대로 알려 주지 않고 그의 예리한 감각을 시험해 보겠다고 했다. 그래서 그는 "이 쓰레기를, 한 사람을 세상 끝까지 추적하는 이 빌어먹을 쓰레기를" 읽고 또 읽었지만, 읽을수록 집중할 수가 없었다. 그 쓰레기의 날조된 표현들이나 "빨갱이 트루데"라는 표현에 대한 분노가 점점 고조되어, 마침내 항복하고 트루데에게 도와 달라고 비굴하게 부탁했다. 그는 제정신이 아니어서 예리한 감각이 말을 듣지 않는다고, 뿐만 아니라 수년 전부터 산업체 변호사로만 일했을 뿐 형사 사건 변호사로는 아직 활동해 본 적이 없다고 말하면서. 그러자 그녀는 쌀쌀맞게 "유감이군요."라고 대꾸했지만, 잠시 후 동정하듯 말했다. "신사 방문이라는 단어가 눈에 띄지 않던가요? 내가 신사 방문이라는 단어를 전보와 관련시켰던 게 조금도 이상하지 않았어요? 누가 이 괴팅을, 아니 괴텐을 보고 신사라고 할까요? 그의 사진을 자세히 들여다봐요. 그의 행색이 어떻든지 간에, 누가 그를 보고 신사라고 하겠어요? 아니요. 그러지 않을 거예요. 자발적으로 염탐하는 이웃 사람들의 말을 빌리자면, 남자의 방문이라고 부르겠지요. 내가 당장 이 자리에서 예언하겠는데, 늦어도 한 시간 이내에 우리 역시 신사의 방문을 받게 될 거예요. 그 밖에 또 예언해 두고 싶은 것은 분노, 갈등 그리고 어쩌면 오랜 우정의 종말이 올지도 모른다는 거예요. 당신의 빨갱이 트루데에 대한 분노도. 그건 카타리나에 대한 분노보다 더할지도 모르죠. 카타리나에게는 두 가지 치명적인 특성이 있어요. 바로 충실함과 자긍심이죠. 그리고 그녀는 이 젊은이에게 탈주로를 가르쳐 주었다는 사실을 절대, 절대로 자백하지 않을 거예요. 그 길을 우리가, 그러니까 그녀와 내가 함께 살펴본 적이 있어요. 진정, 진정해요, 여보. 밝혀지지는 않겠지만, 괴팅, 아니 괴텐이 눈에 띄지 않게 그녀의 아파트에서 사라질 수 있었던 건 정확히 하면 내 탓이에요. 당신은 틀림없이 기억 못 하겠지만, 내가 '우아한 강변의 삶' 아파트의 전체 난방, 환기, 상하수도 시설의 설계도를 침실에 걸어 두었었잖아요. 그 설계도에서 난방 배관은 빨간색, 환기통 배관은 파란색, 전기 배선은 초록색, 하수관은 노란색으로 표시되어 있었거든요. 사실 카타리나는 단정하고 계획적으로 사는, 계획을 세우는 데 거의 천재적이라 할 만한 사람인데, 그 설계 도면에 완전히 마음을 빼앗겨 늘 그 앞에 오래 서서 이 '추상화'의 의미들과 관계들에 대해 되풀이해서 물었을 정도예요. 그녀는 도면을 그렇게 불렀죠. 난, 난 그녀에게 그 도면의 복사본을 구해 선물하려던 참이었고요. 그러지 않은 게 천만다행이에요. 생각해 봐요. 만일 도면 복사본이 그녀의 아파트에서 발견되었다면, 그랬다면 이 공모론이니 그녀의 아파트가 무기 거래소니 하는 생각을, 빨갱이 트루데, 강도들, 카타리나, 신사 방문이라는 연결 관계를 완벽하게 뒷받침해 주는 셈이 되잖아요. 그런 도면은 당연히 강도나 가정 파괴범들, 그러니까 남의 눈에 띄고 싶어 하지 않는 자들에겐 몰래 출입할 수 있는 방법을 가르쳐 주는 최고의 안내서죠. 내가 직접 그녀에게 각각의 통로 높이가 얼마나 되는지 설명해 준 적이 있어요.

예컨대 배관이 파열되거나 전선에 문제가 생겼을 때, 어디에서 사람이 똑바로 서서 걸을 수 있고, 어디에서 허리를 굽혀야 걸을 수 있는지, 어디에서 기어야 하는지 말이에요. 그렇게, 그 방법으로만 이 사랑스러운 젊은 젠틀맨은 경찰의 눈을 피해 빠져나갈 수 있었을 거예요. 이제 그녀가 그의 다정함을 느낄 수 있는 것은 꿈에서나 가능하겠죠. 그가 정말 은행 강도라면 그 시스템을 꿰뚫어 보았을 거예요. 어쩌면 신사 방문객도 그런 식으로 출입했을지 모르고요. 이 현대식 아파트 단지는 구식 다세대 주택들과는 아주 다른 감시 방법이 필요해요. 기회가 되면 당신이 경찰과 검찰에게 충고 좀 해 줘요. 그들은 아파트 현관이나 로비와 엘리베이터를 감시하지만, 거기엔 그 밖에 지하로 곧장 연결되는 업무용 엘리베이터도 있어요. 거기에서 한 사람이 몇백 미터쯤은 기어갈 수 있고 어디선가 하수구 뚜껑을 밀어 올리기만 하면 감쪽같이 사라질 수도 있어요. 날 믿어요. 지금은 기도하는 수밖에 없어요. 이런저런 맥락에서 《차이퉁》의 1면에 머리기사로 실리는 것을 그 신사 방문객이 원할 리가 없으니까요. 그에게 지금 필요한 것은 신사 방문에 관한 수사와 기사 보도를 직접 확실하게 조작하는 일이에요. 그 머리기사만큼이나 그가 두려워하고 있는 건 마우트라는 여인의 씁쓸하고 불쾌한 얼굴이지요. 그녀는 바로 법률상으로 그리고 교회에서도 그와 결혼한 부인이고, 뿐만 아니라 그의 아이도 넷이나 낳았어요. 당신은 정말 한 번도 못 봤나요? 정말 '젊은이처럼 즐거워하고', 거의 거리낌 없이 풀어졌던 모습을요. 그럼 내가 말해 주어야겠네요. 그는 정말 점잖게 카타리나와 춤을 몇 번 추었어요. 그런데 그가 그녀를 집에 데려다주겠다고 어찌나 치근대던지. 게다가 그녀가 차를 샀을 때는 어린애처럼 얼마나 실망했다고요. 그가 필요로 했던 것, 그의 마음이 갈망했던 것은 바로 카타리나처럼 다시없이 좋은 것이었죠. 천박하지 않으면서도 당신들이 말하듯이 사랑을 할 줄 알고, 진지하면서도 젊고, 또 그녀 자신은 알지 못할 정도로 귀여운 여자 말이에요. 그녀가 남자로서의 당신 마음도 즐겁게 해 주지 않았던가요?"

그래, 그랬다. 그녀가 그랬다. 남자의 마음을 즐겁게 해 주었다. 그는 그것을 인정했고, 그녀를 단순히 좋아하는 것 이상이라는 것도 인정했다. 그러나 꼭 남자뿐만 아니라, 누구나 한번쯤 그냥 누군가를 안아 보고 싶거나 어쩌면 그 이상을 해 보고 싶은 마음이 들 수도 있다는 것을 그녀, 트루데는 알고 있다고 생각한다. 그러나 카타리나, 아니, 거기에는 뭔가가 있었다. 그를 결코, 결단코 그녀의 신사 방문객으로 만들지 않았던 뭔가가. 뭔가가 그로 하여금 신사 방문객이 되는 것, 아니 좀 더 잘 표현해 보자면, 신사 방문객이 되려고 시도하는 것을 막았다면, 그러니까 뭔가가 그가 신사 방문객이 되는 것을 불가능하게 만들었다면, 그건 아마 그가 말하는 것처럼, 그녀, 즉 트루데에 대한 존중과 배려가 아니라, 바로 카타리나에 대한 존중, 그래 거의 경외에 가까운 존중 혹은 그 이상, 그녀의, 그렇다, 빌어먹을 그녀의 순수함에 대한 사랑 가득한 경외심이었을 것이고, 그것을 그녀도 잘 알고 있다고 했다. 아니 순수함 그 이상인데, 적절한 표현을 그는 못 찾겠다고 했다. 이

것이 아마도 카타리나에 대한 기묘하고 다정하면서도 냉담한 마음이라며, 그가 카타리나보다 열다섯 살이나 많고 또 살면서 무슨 일이 있을지는 신만이 안다고 해도 카타리나가 자신의 망가진 삶을 움켜쥐고 어떻게 다시 시작했고, 계획성 있게 잘 꾸려 나갔는지 익히 알고 있으며, 그것이 그가 신사 방문객이 되지 못하게 막았다는 생각을 늘 가졌다고 했다. 그녀가 너무 상처받기 쉽고, 빌어먹을 정도로 상처받기 쉬워서, 그녀 자신이나 그녀의 삶을 그가 망칠까 봐 두려웠기 때문이다. 알로이스가 정말 신사 방문객이었다는 것이 밝혀진다면 블로르나는, 간단히 말해 '그의 면상을 후려갈길 것이다'. 그렇다. 그녀를 도와야 한다, 도와야만 한다. 그녀는 이런 트릭을, 이런저런 심문을 당해 낼 재간이 없다. 이제 너무 늦었지만, 오늘 중으로 그녀를 구해 내야겠다고……. 그러나 여기서 그는 시사하는 바가 많은 이런 생각을 중단했다. 왜냐하면 트루데가 특유의 무뚝뚝한 말투로 "신사 방문객이 차를 막 현관 앞에 댔네요."라고 말했기 때문이다.

39

여기서 금방 확인되어야 하는 사실은, 그때 아주 화려하게 장식한 렌터카를 타고 나타난 슈트로입레더의 면상을 블로르나가 실제로 후려치지는 않았다는 것이다. 여기에서는 가능한 한 피가 흐르게 해서는 안 될 뿐만 아니라 육체적 폭력의 묘사 역시 피할 수만 있다면 최소한으로, 즉 보도의 의무에 의한 최소한으로만 제한해야 한다. 그렇다고 블로르나의 집 안 분위기가 좀 더 편안해졌다는 것은 아니다. 반대로 더욱더 불편해졌다. 트루데 블로르나가 이죽거리지 않을 수 없었기 때문이다. 그녀는 계속 커피만 저으면서 "안녕하세요, 신사 방문객님."이라는 말로 옛 친구를 맞이했다. "내 생각에, 트루데가 또 정곡을 찌른 것 같군." 블로르나가 당황하며 말했다. "그래. 그것이 항상 적절했는지는 자문해 봐야겠지만." 슈트로입레더가 말했다.

여기서 확인할 수 있는 사실은, 알로이스 슈트로입레더가 트루데 블로르나를 성적으로 유혹한 것은 아니지만 그녀와 시시덕거리고 싶어 한다는 것이 분명해지자, 그리고 그녀가 특유의 무뚝뚝함으로, 그가 자기 자신이 거부할 수 없을 만큼 매력적이라고 생각하는 모양인데 실은 그렇지 않으며, 아무튼 그녀에게는 전혀 그렇게 여겨지지 않는다고 하자, 그들 둘 사이에 거의 참을 수 없을 정도로 팽팽한 긴장이 감돌았다는 것이다. 상황이 이렇게 되자, 아내에게는 둘이서만 있게 해 달라고 하면서 블로르나가 슈트로입레더를 즉시 서재로 데려갔고, 막간을 이용해 ("무슨 막간?" 블로르나 부인이 물었다.) 카타리나를 찾기 위해 모든 노력, 최선을 다해 줄 것을 부탁했다는 사실은 이해가 갈 것이다.

40

먼지 하나 없고 모든 것이 제자리에 있는데도 갑자기 자신의 서재가 몹시 지저분하게, 거의 뒤죽박죽이고 더러운 것처럼 느껴지는 까닭은 무엇인가? 무엇 때문에 저 빨간색 가죽 의자가, 거기에 앉아 많은 일을 잘 풀어 나갔고 허물없는 대화를 나누었으며 정말 편안하게 음악을 들을 수 있었던 저 빨간색 가죽 의자가 갑자기 그리도 거슬리는가, 무엇 때문에 책꽂이조차 역겹게 느껴지고 벽에 걸린, 자필 사인이 있는 샤갈 그림이 마치 화가 자신에 의해 조작된 모조품인 듯한 의심이 드는가? 재떨이, 라이터, 위스키 병. 비싸긴 해도 해로운 것은 아닌 이 대상들에 대해 반감을 갖게 하는 것은 무엇인가? 아주 불편한 밤을 지낸 후 그렇게 또 불편한 낮을 이토록 참을 수 없게 만드는 것은 무엇이며, 옛 친구들 사이의 긴장감이 너무 심해서 거의 불꽃이 튈 정도로까지 만드는 것은 무엇인가? 부드러운 노란색으로 섬유의 질감을 살려서 칠한, 현대 그래픽으로 장식된 모던한 벽들이 무엇 때문에 거슬리는가?

"좋아, 좋아." 알로이스 슈트로입레더가 말했다. "나는 이번 사건에 더는 자네 도움이 필요치 않다는 걸 말하려고 온 것뿐이네. 거기 안개 낀 공항에서 또다시 자네 신경이 곤두섰겠군. 자네나 자네 부인은 신경이 곤두선 채 조바심치며 한 시간 정도는 안개가 걷히길 기다렸을 테고, 저녁 6시 30분경이나 돼서야 여기에 도착할 수 있었겠지. 자네들이 약간 진정하고 생각해 보면서 뮌헨 공항에서 전화 한 통만 했으면 장애는 없다는 것을 알 수 있었을 텐데. 이 이야기는 이제 잊고 하지 말도록 하세. 이미 패가 짜인 카드 놀음판에 잘못 끼어들지 말자고. 안개가 끼지 않고 비행기가 제시간에 이륙할 수 있었다고 해도, 그때는 이미 너무 늦었을 걸세. 그때는 이미 심문에서 결정적인 부분은 완결되었을 테고 게다가 더는 걸릴 게 없었을 테니까 말이야."

"나는 《차이퉁》을 상대하는 일은 아무래도 못 해." 블로르나가 말했다.

"《차이퉁》은 위험한 기사를 쓰지는 않아. 《차이퉁》은 뤼딩이 조종할 수 있지 않나. 그렇지만 다른 신문들도 있지. 어떤 식의 머리기사든 손을 써 볼 수는 있네만, 나를 은행 강도들과 엮는 것만은 안 돼. 여자들과의 로맨스 이야기라면 기껏해야 사생활에서만 나를 곤경에 빠뜨릴 뿐 공적으로는 아무 문제 없어. 그리고 카타리나 블룸처럼 매력적인 여자와 사진 한 장쯤 함께 찍혀도 결코 손해 볼 건 없지. 게다가 신사 방문 운운하던 건 사라질 거고 액세서리나 편지도 그다지 난처한 문제를 만들지는 않을 거네. 그래, 내가 그녀에게 상당히 비싼 반지를 선물했네. 그들이 찾아낸 반지 말이야. 편지도 몇 통 썼지. 하지만 그들은 편지 봉투만 발견했더군. 문제는, 이 퇴트게스라는 놈이 《차이퉁》에 싣지 못한 사안들을 다른 화보 잡지에 필명으로 쓰고 있다는 것과, 그래, 카타리나가 그에게 난독 인터뷰를 하겠다고 약속했다는 사실이야. 좋지 않아. 이 얘기는 불과 몇 분 전에 뤼딩한테서 들었네. 그도 퇴트게스가 인터뷰하는 데는 찬성하더군. 물론 《차이퉁》을 손에 쥐고 있으니까 그럴 테지. 하지만 퇴트게스가 그 밖에 어느 허수아비에 대해 취재를 하는 데는 영향을 미치지 못하지. 자네는 도통 아무 소식도 못 들은 모양이군. 어찌 된 일인가?" 슈트로입레더가 말했다.

"난 전혀 아는 바가 없어." 블로르나가 말했다.

"변호사 입장에서는 기묘한 상황이군. 그나저나 그런 변호사의 의뢰인이 바로 나라니. 기상청에 전화도 해 보지 않고 덜컹거리는 기차를 타고 오면서 무의미하게 시간을 낭비한 탓인가. 기상청에 전화라도 했더라면 안개가 곧 걷힌다는 걸 알 수 있었을 텐데. 정말 자네는 아직 그녀와 연락하지 않았나?"

"아니. 자네는?"

"아니, 직접 한 건 아니지. 그녀가 한 시간쯤 전에 《차이퉁》에 전화를 걸어서 내일 오후에 퇴트게스와 단독 인터뷰를 하기로 약속했다는 것만 알고 있네. 그 기자가 받아들였다는군. 거기에도 많은, 아니 정말 많은 고민, 진짜 위통을 일으키는 고민거리가 있네." (이때 슈트로입레더의 표정은 일그러지고 목소리는 고통으로 가득 찼다.) "자넨 내일부터 원하는 만큼 실컷 내 욕을 해도 좋아. 내가 자네들의 신뢰를 악용했거든. 그렇지만 다른 측면에서 보면, 우리는 사실 자유 국가에서 살고 있잖나. 물론 그런 자유 국가에서는 자유롭게 연애를 즐기는 것도 허용되어 있지 않은가. 날 믿어 줘. 난 그녀를 돕기 위해 모든 것을 다할 생각이네. 내 명예까지도 모험에 걸겠어. 마음 놓고 실컷 웃어도 좋아. 난 이 여자를 사랑해. 다만 그녀가 더는 도움을 받으려고 하질 않아. 난 여전히 도움을 받아야 하는데 말이야. 그녀가 그냥 자기를 돕게 하지 않아……."

"그럼 자네, 《차이퉁》에 맞서, 그 더러운 놈들에 대항해서 그녀를 도와줄 수 없겠나?"

"맙소사, 그들이 자네들을 몰아 붙이고 있다고 해서 《차이퉁》과의 일을 심각하게 받아들일 필요는 없어. 우리는 지금 여기서 상업 저널리즘이나 언론의 자유에 대해 토론하려는 게 아니야. 간단히 말할게. 자네가 내 변호사이자 동시에 그녀의 변호사 자격으로 그 인터뷰 자리에 입회해 주면 좋겠네. 실은 가장 까다롭고 조심스러운 사안은 아직 심문이나 언론에서 다루지 않았어. 그러니까 내가 반년 전에 그녀에게 콜포르스텐하임에 있는 우리 별장 열쇠를 억지로 떠맡겼네. 그 열쇠는 가택수색 때도, 몸수색 때도 발견되지 않았어. 하지만 그녀는 그걸 분명 가지고 있네. 아니, 그녀가 버리지만 않았다면, 적어도 한때는 그 열쇠를 가지고 있었지. 단순히 감상적인 짓이었다고 부르고 싶으면 그렇게 하게나. 그렇지만 난 정말 그녀가 그 집 열쇠를 가지고 있기를 원했네. 한 번쯤 그리로 나를 찾아와 줄 거라는 희망을 포기하지 않았으니까. 날 믿어 주게. 난 그녀를 도울 것이고 그녀 옆에 서 있을 것이며 그리로 가서 고백도 할 것이네. 와서들 봐라, 내가 바로 그 신사 방문객이다 하고 말일세. 하지만 난 알고 있어. 그녀는 나를, 그녀의 루트비히가 아닌 나를 모른다고 부인할 걸세."

슈트로입레더의 표정에는 뭔가 아주 새로운 것, 놀랄 만한 것이 깃들어 있었는데, 그 표정이 블로르나에게 동정심을, 어쨌든 최소한 호기심을 불러일으킨 것만은 분명했다. 그것은 뭔가 겸손한 것이었나, 아니면 질투였나? "액세서리에, 편지에, 게다가 이제는 열쇠까지, 이게 다 무엇인가?"

"빌어먹을, 후베르트, 정말 아직도 모르겠어? 그건 내가 뤼딩에게도, 하흐에게도, 경찰에게도 말할 수 없는 거야. 확신하는데, 그녀는 그 열쇠를 그녀의 루트비히에게 주었고 그놈은 이틀째 거기에 숨어 있는 게 틀림없어. 카타리나, 경찰관, 거기다 콜포르스텐하임의 내 집에 숨어 있을지도 모르는 그 멍청한 젊은 놈 때문에 난 정말 걱정이 되네. 그들이 발견하기 전에 그놈이 거기서 사라져 주었으면 좋겠네. 동시에 이 사건이 종결되도록 그들이 그를 잡아가 버렸으면 좋겠어. 이제 이해가 가나? 내가 어떻게 해야 할지 충고 좀 해 주게나."

"자네가 거기, 콜포르스텐하임에 전화를 거는 게 좋겠어."

"그가 거기 있다 해도 전화를 받을 거라고 생각하나?"

"그러면 경찰에 전화를 걸어야지. 화를 면하려면 다른 방법이 없어. 어쩔 수 없으면 익명으로 경찰에 신고해. 괴텐이 자네 집에 있을 가능성이 조금이라도 있다면 자네는 당장 경찰에 알려야 하네. 자네가 하지 않겠다면, 내가 하겠네."

"우리 집과 내 이름이 이 은행 강도와 얽혀 신문 머리기사에 오르내리라고? 난 좀 다른 생각을 했는데……. 내 생각에는, 자네가 그리로, 그러니까 콜포르스텐하임으로 가 봤으면 좋겠어. 내 변호사 자격으로, 모든 게 제대로 되어 있는지 한번 살펴보기 위해서 말이야."

"이런 때? 내가 휴가를 급히 중단하고 돌아왔다는 것을 《차이퉁》이 이미 알고 있는 이 카니발 시즌의 토요일에? 그래,

고작 자네 주말 별장에서 모든 게 제대로 되어 있는지 살펴보기 위해 휴가를 중단했다고? 냉동고는 여전히 잘 가동되는지, 상태가 어떤지 살펴보려고? 보일러 온도계는 적당히 맞추어져 있는지, 깨진 유리창은 없는지, 홈바는 충분히 갖추어져 있는지, 침대 시트는 찬기에 다소 습해지지 않았는지, 이런 걸 살펴보려고 명망 높은 산업체 변호사가, 그것도 수영장까지 딸린 저택을 소유하고 '빨갱이 트루데'와 결혼한 변호사가 갑자기 휴가를 중단하고 오나? 자네는 그게 정말 영리한 생각이라고 여기나? 《차이퉁》의 기자님들이 내 일거수일투족을 주시하고 있을 게 뻔한 이 마당에, 기차에서 내리자마자 크로커스가 곧 피어날지 갈란투스가 벌써 꽃망울을 터뜨렸는지 보려고 자네 별장으로 달려간다는 게 말이 되나? 그 사랑스러운 루트비히가 총을 제법 잘 쏜다는 게 이미 입증되었다는 사실은 차치하고라도, 자네는 정말 이게 좋은 생각이라고 여기나?"

"빌어먹을, 자네 말에 반어나 위트가 섞여 있는지는 모르겠네만, 난 내 변호사이자 친구인 자네에게 사적이리기보다는 공적인 성격이 더 강한 일을 부탁하는 걸세. 그런데 자네는 고작 갈란투스나 들먹이는군. 이 사건은 어제부터 극비에 부쳐져서 오늘 아침부터 우리는 어떤 정보도 받지 못하고 있네. 우리가 알고 있는 것은 모두 《차이퉁》을 통해서 듣게 된 것뿐이네. 다행히 뤼딩이 그 신문사와 잘 아는 사이지. 검찰청과 경찰은 내무부와 전화 한 통 하지 않네. 뤼딩은 내무부와도 좋은 관계를 갖고 있는데 말이야. 이건 생사가 달린 문제라고,

후베르트."

이때 트루데가 노크도 없이 라디오를 들고 들어와 차분히 말했다. "이제 죽을 일은 없겠네요, 이제는 사는 게 문제예요. 다행이에요. 그들이 그 젊은이를 붙잡았어요. 어리석게도 그는 총을 쐈네요. 그러고는 경찰이 쏜 총에 맞아 부상을 당했어요. 그러나 생명에는 지장이 없대요. 알로이스, 바로 당신의 정원에서 그랬다는군요. 콜포르스텐하임 말이에요. 수영장과 포도나무 넝쿨을 올린 정자 사이에서 그런 일이 있었대요. 뤼딩의 협력자 중 한 사람의 호화 빌라라느니, 50만 마르크를 호가한다느니 그런 말을 하고 있어요. 게다가 진짜 젠틀맨이 또 있군요. 우리의 착한 루트비히가 제일 처음 한 말이 바로 카타리나는 이 일과 전혀 상관이 없다는 것이었다는군요. 그건 순전히 개인적인 연애 사건으로 사람들이 그를 비난하는 범행들과는 눈곱만큼도 상관없고, 그 범행도 그는 여전히 부인하고 있대요. 아마 유리창 몇 장은 새로 갈아 끼워야겠어요, 알로이스. 거기서 제법 탕탕거리며 총소리가 났대요. 당신 이름은 아직 거론되지 않았지만, 마우트에게 전화라도 걸어 주어야 하지 않을까요? 그녀는 틀림없이 흥분했을 거고 위로가 필요할 테니까요. 게다가 괴텐과 동시에 다른 장소에서 소위 공범자라는 사람을 세 명이나 붙잡았어요. 이 모든 게 바이츠메네라는 어떤 수사과장의 대대적인 성과라는군요. 친애하는 알로이스, 당장 출발하시죠. 당신의 선량한 아내의 기분을 풀어 주기 위해 신사 방문을 하시라고요."

이 대목에서 우리는 블로르나의 서재에서 이 공간의 실내 장식이나 환경과는 전혀 어울리지 않는 육탄전이 벌어졌을 법하다고 상상할 수 있을 것이다. 사실 슈트로입레더는 트루데 블로르나에게 달려들어 멱살을 잡으려고 했지만, 그녀의 남편에게 저지되고 숙녀에게 폭력을 행사하려 들지 말라는 주의를 들었다고 한다. 그랬다고 한다. 슈트로입레더는 곧이어 숙녀의 정의가 저렇게 독설을 퍼붓는 여자에게도 해당되는지 모르겠다고 말하면서 상황에 따라서는, 특히 비극적인 사건을 이야기하는 경우에는 더더욱 그렇게 비꼬는 식으로 말해서는 안 된다고 했다. 그리고 그가 한 번만 더, 한 마디라도 재수 없는 말을 더 듣게 되면, 그때는…… 그래, 그때는 정말 다 끝장이라고 했다고 한다. 그랬다고 한다. 그가 아직 집을 나서지 않았고, 블로르나가 트루데에게 너무 지나쳤다고 말할 틈을 찾지 못하고 있을 때 그녀가 그의 말을 딱 자르며 말했다. "카타리나의 어머니가 간밤에 죽었어요. 사실 난 그녀를 쿠이르 호호자켈에서 만난 적이 있어요."

41

마지막으로 반전시키거나 끌어들이거나 옆길로 흐름을 유도하는 작업이 시작되기 전에 여기에서 소위 기술적으로 끼어들어 한마디 해야겠다. 이 이야기에서는 너무나 많은 일이 벌어지고 있다. 이 이야기는 난감하고 다 다룰 수 없을 만큼 파란만장하다. 이것이 이 이야기의 단점이다. 물론 프리랜서로 일하는 어느 가정부가 기자를 살해한다면 그건 상당히 우울한 이야기다. 그런 경우는 실상을 낱낱이 밝히거나 최소한 설명하려고 시도는 해야 한다. 그러나 집에 고용한 가정부 때문에 힘들게 얻은 스키 휴가를 중단한 성공한 변호사 이야기로 무엇을 할 수 있는가? 사업가들(부업으로 교수이자 정당의 간사를 겸하는), 그러니까 미성숙하고 감상적인 기분으로 바로 이 가정부에게 별장 열쇠를(게다가 자기 자신까지) 억지로 떠맡긴 사업가들의 이야기로 무엇을 할 수 있는가? 알다시피 두 경우 모두 성과가 없다. 이들은 한편으로 매스컴을 타기를 원하지만, 단지 특정한 방식으로만 그럴 뿐이다. 그저 동시에 이야기될 수 없는, 지속적인 흐름(내지는 자연스러운 이야기 진행)을 방해하는 사물과 사람 들일 뿐이다. 그들은 소위 면역성이 없기 때문이다. 도청 장비를 계속 요청하고 지급받아 온 형사계 공무원들 이야기로는 또 무엇을 할 수 있는가? 더 간단히 말하자면, 이 모든 것이 너무나 새어 나가기 쉬우나 정작 결정적인 순간에는 보고자에게 충분히 전달되지 않는다. 왜냐하면 이런저런 이야기를 (하흐나 몇몇 경찰관들 및 여경들에게서) 들을 수 있기는 하지만, 그들이 말한 것은 어떤 것도, 정말 어떤 것도 간접적으로조차 증명할 수 없기 때문이다. 그런 것은 법정에서도 확인되지 않고, 진술조차 되지 않을 테니까 말이다. 그런 것은 증거를 댈 수가 없다! 공개할 가치가 조금도 없다. 예를 들어 그 도청에 관한 모든 이야기가 그렇다. 당연히 전화선 도청은 수사를 위한 것이다. 그렇지만 도청은 수사 당국이 아닌 다른 관청이 실행하기 때문에 그 결과를 공식적인 소송 절차에서 사용해서는 안 될 뿐만 아니라, 절대 거론해서도 안 된다. 무엇보다 전화를 도청하는 사람들의 심리는 어떨까? 오로지 자신의 의무만을 성실히 이행하는 나무랄 데 없는 한 공무원이, 소위 명령에 의해서는 아니라고 해도 분명히 생계가 걸려 있으므로 어쩔 수 없는 상황에서 자신의 의무를 다하느라 도청을 할 때, 그는 무슨 생각을 할까? 낯모르는 어느 주민이 (우리는 그를 여기서 간단히 '다정함 제안자'라고 하자.) 소위 단정하고 깨끗하며 흠잡을 데라고는 거의 없는 카타리나 블룸과 같은 사람과 어떻게 전화 통화를 하는지 그 공무원이 엿들어야 한다면, 그때 그는 무슨 생각을 할까? 그는 윤리적으로 혹은 성적으로, 아니면 두 가지로 다 흥분하게 될까? '수녀'라는 별명을 가진 사람이, 쉰 목소리가 신음하듯 위협하듯 내놓은 제안 때문에 마음속 깊이 상처받을 때, 그는 분노할까 동정심을 갖게 될까, 아니면 야릇한 쾌감을 느낄까? 아무튼 표면적으로 많은 일이 일어난다. 하지만 그 이면에서는 더 많은 일이 벌어진다. 예를 들어, 여기서 이따금 언급된 뤼딩이라는 자가 《차이퉁》의 편집장에게 전화를 걸어 "당장 S.를 모조리 삭제하고, 전부 B.로 쓰시오."라고 말하면, 그저 애써 고생하면서 생계를 유지하는 악의 없는 도청자는 그 소리를 엿듣고 무슨 생각을 할까? 물론 뤼딩이 도청당하는 이유는, 그가 감시 대상이어서라기보다는 압력 행사나 정치적 생 등이 그에게 전화를 걸 위험이 있기 때문이다. 그런 나무랄 데 없는 도청자가, S.란 슈트로입레더를 의미하고, B.란 블로르나를 의미한다는 걸, 그리고 《존탁스차이퉁》에서는 S.에 대해서 읽을 수 없지만 B.에 대해서는 많이 읽게 될 거라는 걸 어떻게 알겠는가. 그래도 블로르나는 뤼딩이 아주 높이 평가하는 변호사로서, (누가 그런 걸 알기나, 아니면 짐작이나 하겠는가.) 국내 사건이든 국제 사건이든 셀 수 없을 정도로 많은 사건을 처리함으로써 그의 능숙함을 입증했다. 여기 다른 대목에서 "함께 흐를 수 없는" 원천들에 대해 이야기했다면, 그건 운명의 여신이 왕의 아이들의 초를 잘못 불어 꺼 버린 것[7]이나 다름없다. 결국 어느 한쪽이 상당히 깊이 가라앉아 익사한 것이다. 그리고 그때 뤼딩 부인이 요리사를 시켜 남편의 비서에게 전화를 걸어서 남편이 일요일에 후식으로 무엇을 먹고 싶어 하는지를 알아보게 한다. 양귀비 씨를 뿌린 계란 케이크? 아이스크림과 생크림을 곁들인 딸기? 아니면 아이스크림만, 혹은 생크림만? 이런 일로 상사를 귀찮게 하고 싶지 않은 여비서는 뤼딩의 기호를 잘 알고 있지만, 아마도 요리사를 화나게 하거나 번거롭게 할 속셈으로 그 요리사에게 상당히 날카로운 목소리로 설

---

7) 『독일의 민요(Deutsche Volkslieder)』(1807)에 '왕의 아이들'에 관한 민요가 실려 있다. 이 민요의 내용은 다음과 같다. 서로 너무나 사랑하는 왕자와 공주가 있었는데, 그들 사이를 깊은 물이 가로막고 있었다. 공주는 왕자에게 두 자루의 초를 밝혀 둘 테니 자기에게 헤엄쳐 오라고 했다. 운명의 여신은 이를 들었지만 짐짓 못 들은 척, 자는 척하면서 초를 꺼 버린다. 어둠 속에서 헤엄쳐 공주에게 가려던 왕자는 물에 빠져 죽고 만다. 다음 날, 일요일 아침 모두가 즐거워하면서 교회에 가지만 공주는 머리가 아파 산책을 가겠다고 하고는 물가로 와서 어부를 시켜 죽은 왕자를 건진다. 죽은 왕자를 본 공주는 결국 자신도 물속으로 뛰어든다. 뵐은 이 내용을 빌려 와 함께 흐를 수 없는 원천들에 관해 말하고 있다.

명한다. 분명 뤼딩 씨는 이번 일요일에 아몬드와 견과류가 섞인 크로칸트 소스를 곁들인 캐러멜 푸딩을 드시고 싶어 할 거라고 자신은 확신한다고 말한다. 당연히 뤼딩의 기호를 잘 아는 요리사도 반박한다. 그런 얘기는 처음 들으며, 혹 비서가 자신의 기호를 뤼딩 씨의 것과 혼동하지 않은 게 분명한지, 뤼딩 씨가 바라는 후식을 직접 말할 수 있도록 전화를 연결해 줄 수는 없는지 묻는다. 그러자 때때로 회의의 수행 비서로 뤼딩 씨와 함께 다니고 어느 팰리스 호텔이나 국제관에서 식사를 같이 해 본 여비서는, 식사할 때면 그는 언제나 크로칸트 소스를 곁들인 캐러멜 푸딩을 먹는다고 주장한다. 요리사가 말하길, 그렇지만 일요일에는 그녀, 즉 여비서와 함께 여행하는 게 아니라면서, 뤼딩이 후식으로 무엇을 먹고 싶은지는 바로 그가 만나는 모임에 따라 좌우되는 것이 아니겠느냐고 한다. 기타 등등, 기타 등등. 마지막에는 양귀비 씨를 뿌린 계란 케이크에 대해 한동안 설왕설래하고, 이런 대화 전체가 납세자가 지불하는 세금으로 녹음기에 녹음된다! 물론 이런 대화에서 무정부주의자들의 암호가 사용되고 있지는 않은지, 계란 케이크가 수류탄 같은 것을 의미하지는 않는지, 혹은 딸기와 함께 곁들인 아이스크림이 폭탄을 의미하지는 않는지 세심한 주의를 기울여야 하지만, 녹음 기사는 어쩌면 이들에게도 걱정거리는 있다고, 그런데 그런 걱정거리라면 자신도 있었으면 좋겠다고 생각할지도 모른다. 왜냐하면 그의 걱정거리는 아마 딸이 가출했다거나 아들이 마약 중독에 빠졌다거나 아니면 집세가 또다시 올랐다거나 하는 문제일 수 있기 때문이다. 이 모든 것, 이 녹음 작업이 그저 뤼딩을 겨냥한 폭발물 위협이 한 번 거론된 적이 있었기 때문에 이루어지고 있다. 이렇게 해서 그 순진한 공무원 혹은 직원은 마침내 처음으로 양귀비 씨를 뿌린 계란 케이크가 무엇인지 듣게 된다. 그에게는 계란 케이크 하나만으로도 이미 충분한 주요리가 될 것이다.

표면적으로 드러나는 일은 많다. 그러나 우리는 그 배후에서 무슨 일이 일어나는지 전혀 모른다. 이 녹음을 한번 들어 볼 수 있었으면 좋겠다! 마침내 뭔가를 들어 보기 위해서 말이다. 예컨대 엘제 볼터스하임 부인과 콘라트 바이터스가 얼마나 친밀한 사이인지, 아니면 도대체 그런 사이이기나 한 건지 들어 보기 위해서 말이다. 이 두 사람의 관계가 문제가 된다면 친구라는 말은 무슨 의미인가? 그녀가 그를 자기 또는 여보라고 부르는지, 아니면 그냥 콘라트 혹은 코니라고 부르는지, 그들이 서로 애정 표현을 한다면 어떤 종류의 애정 표현을 언어로 주고받는지? 콘서트를 열어도 될 만큼, 아니면 최소한 합창에 적합한 바리톤 성량을 가지고 있다고 알려져 있는 그가 혹 전화로 그녀에게 노래를, 세레나데나 대중가요, 아리아를 불러 주지는 않는지? 아니면 과거에 경험했거나 계획하고 있는 성적인 친밀함을 노골적으로 이야기하는지? 그것을 기꺼이 알고자 한다. 대부분의 사람들은 텔레파시만으로는 신뢰할 만한 연락을 취할 수 없기에, 그래도 믿을 만해 보이는 전화기에 손을 뻗는다. 상부 기관들은 자신들이 관할 공무원들과 직원들에게 심리적으로 지나친 것을 기대하고 있다는 것을 분명히 알고나 있을까? 한번 가정해 보자. 외설적인 성향을 가진 어떤 사람이 일시적으로 협의를 받고 있어서 도청이 허락되었는데, 그가 마찬가지로 외설적인, 당시의 애인에게 전화를 건다고 생각해 보자. 우리는 자유 국가에 살고 있고 자유로이 그리고 솔직하게 서로 이야기를 나눌 권리가 있고, 당연히 전화상으로도 그럴 수 있다는 이유로 혹시 남자든 여자든 상관없이 점잖거나 심지어 도덕적으로 매우 엄격한 어떤 사람의 귀에 모든 이야기가 윙윙거리며 전달되거나 녹음기로부터 흘러 들어가게 해도 좋은가? 그것을 책임질 수 있는가? 정신과 상담은 보장되어 있는가? 공공 서비스, 운송과 교통 분야의 노동조합은 그런 점에 대해 뭐라고 하는가? 사람들은 기업가, 무정부주의자, 은행장, 은행 강도와 은행 직원 들을 신경 써 돌본다. 그렇지만 우리의 국립 녹음기 부대는 누가 걱정해 주는가? 교회는 이에 대해 아무 할 말이 없는가? 풀다 시의 주교회나 독일 가톨릭 중앙위원회는 이제 어떤 대책도 내놓을 수 없는가? 왜 교황은 침묵하고 있는가? 여기 이 순진한 자의 귀에는 캐러멜 푸딩에서 지나친 포르노에 이르기까지 모든 것이 엄청나게 부담스럽다는 것을 아무도 짐작하지 못하는가? 그런데도 사람들은 젊은이들에게 공무원의 삶을 걷도록 권하고 있다. 공무원이 되면 그들은 누구의 수중에 들어가게 되는가? 전화 윤리 위반자들에게 인계된다. 여기에 마침내 교회와 노동조합이 함께 일할 수 있는 영역이 있다. 그래도 최소한 도청자들을 위한 교육 프로그램이 계획될 수도 있을 것이다. 녹음기 사용에 관한 교육과 더불어 역사 교육 프로그램도 세울 수 있다. 거기에는 그다지 많은 비용이 들지 않는다.

42

미련이 남아도 이제는 표면적으로 드러나는 사건으로 되돌아가 다시 불가피한 배수로 작업에 착수해야겠지만, 먼저 설명부터 해야겠다! 여기서 더는 피가 흘러서는 안 된다고 우리는 약속했다. 그래서 블룸 부인, 즉 카타리나 어머니의 죽음으로 이 약속이 깨지지는 않는다는 것을 확인하는 것이 중요하다. 여기서 문제가 되는 사건은 정상적인 죽음은 아니지만 그렇다고 유혈 사태도 아니다. 블룸 부인의 죽음이 외압에 의해 초래되기는 했지만, 고의적인 폭력에 의한 것은 아니었다. 아무튼 확인되어야 하는 사항은 그녀의 죽음을 초래한 자는 살해 의도나 치명상을 입히려는 의도, 육체를 해치려는 의도는 결코 없었다는 것이다. 문제가 되는 것은, 입증되었을 뿐만 아니라 본인도 자백했듯이, 바로 퇴트게스의 의도다. 그 자신도 물론 피비린내 나는 의도적인 폭력의 종말을 맞이했다. 퇴트게스는 이미 목요일에 게멜스브로이히에서 블룸 부인의 주소를 조사해 알아냈지만 그녀가 있는 병원으로 들이닥치려던 시도는 실패했다. 그는 경비원, 병동의 간호사 에델가르트, 그리고 주치의 하이넨 박사에게서 주의를 들었다. 블룸 부인은 어려운 암 수술을 치른 뒤라 절대 안정이 필요하다고, 회복은 바로 그녀가 어떤 자극에도 노출되지 않는 데 달려 있기 때문에 인터뷰는 말도 안 된다고 했다. 그 딸이 괴텐과 관계를 가졌으므로 블룸 부인 역시 마찬가지로 "시대사적 인물"이라는 기자의 지적에 의사는 시대사의 인물도 자신에게는 우선 환자라는 말로 되받아쳤다. 이런 대화를 나누는 중에 퇴트게스는 이 건물에서 페인트공이 일하고 있다는 걸 알게 되었고, 그래서 "모든 속임수 중에서 가장 간단한 속임수", 즉 가운, 페인트 통, 붓 한 자루를 구입해 기술자로 변장하고는 금요일 오전에 블룸 부인에게 들이닥치는 데 성공했다고, 아무리 아프다고 해도 어머니의 말만큼'대단한 효과를 발휘하는 것은 없기 때문에 그랬다고 하면서 나중에 동료들에게 자랑 삼아 떠벌렸다. 그는 블룸 부인에게 사실들을 들이댔지만, 그녀가 괴텐을 전혀 몰랐던 탓에 모든 것을 이해했는지는 확실하지 않다고 했다. 그녀는, "왜 그런 결말이 날 수밖에 없었을까요? 왜 그런 일이 일어났을까요?"라고 말했다고 한다. 그런데 그는《차이퉁》에는 이렇게 썼다. "그런 일이 일어날 수밖에 없었듯이, 그렇게 끝날 수밖에 없었겠지요." 블룸 부인의 진술을 다소 바꾼 것에 대해 그는 기자로서 "단순한 사람들의 표현을 도우려는" 생각에서 그랬고, 자신은 그런 데 익숙하다고 해명했다.

43

퇴트게스가 정말 블룸 부인에게까지 밀고 들어가기는 했는지, 혹은 자신이《차이퉁》에 인용한 카타리나 어머니의 말을 실제 인터뷰 결과라고 말하기 위해 방문했다고 거짓말을 하는 것인지, 또는 저널리스트로서의 영리함과 능력을 입증하고 자랑하기 위해 꾸며 낸 말인지는 결코 확실하게 수사할 수 없었다. 하이넨 박사, 에델가르트 간호사, 후엘바라는 스페인 출신의 간호사, 푸엘코라는 포르투갈 출신의 청소부, 이들 모두가 "이자가 정말로 그런 짓을 할 정도로 뻔뻔했을" 가능성은 없다고 생각했다.(하이넨 박사.) 이제 카타리나의 어머니를 방문한 것(어쩌면 꾸며 낸 것일지도 모르지만, 이미 그렇다고 표현된 사항이다.)이 아주 결정적이었음은 의심의 여지가 없다. 물론 병원 관계자라서 일어나서는 안 되는 일이 일어났음을 그냥 부인하고 있는 건지, 혹은 퇴트게스가 카타리나 어머니의 말을 그대로 인용하기 위해 그녀를 방문했다고 꾸며 낸 건지는 의심스럽다. 여기에서는 절대적인 정의가 지배해야 한다. 카타리나가 바로 그 술집, 그러니까 불운했던 쇠너가 "앵앵거리는 여자와 함께 밖으로 사라져 버린" 그 술집을 탐색하러 가기 위해 카니발 옷을 재단했다는 것은 이미 확인된 사실이다. 그것은 그녀가 이미 퇴트게스와 인터뷰를 약속한 뒤, 그리고 《존탁스차이퉁》이 퇴트게스의 기사를 계속 실은 뒤였다. 그러니까 기다려야 한다. 확실히 입증되고 증거가 제시된 것은, 바로 하이넨 박사가 그의 환자 마리아 블룸이 급작스럽게 죽은 것에 대해 너무나 놀랐고, 그가 "예상치 못한 외부 영향들을 입증하지는 못하겠지만 배제할 수도 없다."라고 말한 사실이다. 무고한 페인트공들이 여기서 책임을 떠맡게 되어서는 안 된다. 독일 수공업의 명예를 더럽혀서도 안 된다. 그런데 쿠이르 지방의 메르켄스라는 회사에서 파견된 페인트공 네 명 모두 진짜 페인트공이었다는 것은 에델가르트 간호사도, 외국인인 후

엘바와 푸엘코도 보증할 수 없다. 네 명이 각각 다른 장소에서 일하고 있었기 때문에, 작업복을 입은 어떤 자가 페인트 통과 붓을 들고 슬쩍 들어왔는지 아닌지 사실 아무도 알 수 없는 것이다. 확실한 것은, 퇴트게스가 마리아 블룸을 찾아가 인터뷰를 했다고 주장한(그의 방문 사실을 제대로 입증할 수 없기 때문에 인정되었다고 말할 수는 없다.) 것이고, 이러한 주장은 카타리나에게도 알려졌다. 당연히 메르켄스 씨도 네 명의 페인트공이 항상 같은 시각에 현장에 있던 것이 아니라서, 누군가가 슬쩍 끼어들려고 마음먹었다면 쉽게 그럴 수 있었을 거라고 시인했다. 하이넨 박사는 나중에 자신이 카타리나 어머니의 공개된 인용문을 근거로 《차이퉁》을 고발해 스캔들을 일으킬 거라고, 이것이 사실이라면 너무나 끔찍한 일이기 때문이라고 말했다. 그러나 그의 협박은 블로르나가 슈트로입레더의 "면상을 후려갈기겠다"고 협박한 것과 마찬가지로 실행에 옮겨지지는 않았다.

44

1974년 2월 23일, 토요일 정오 무렵 쿠이르에 있는 카페 클로오크에서(카타리나가 처녀 시절에 이따금 주방이나 홀에서 서빙하는 종업원으로 일을 도왔던 음식점 주인의 조카가 운영하는 카페다.) 블로르나 부부, 볼터스하임 부인, 콘라트 바이터스 그리고 카타리나가 마침내 한자리에 모였다. 포옹하며 인사를 나누고 눈물을 흘리기도 했다. 심지어 블로르나 부인까지도. 당연히 카페 클로오크도 카니발 분위기에 휩싸여 있었다. 그렇지만 카타리나를 잘 알고 있고 서로 말을 놓을 만큼 친하고 아껴 주는 카페 주인 에르빈 클로오크는 모인 사람들에게 자신의 개인 공간을 내주었다. 거기에서 우선 블로르나가 하흐에게 전화를 걸어 오후에 박물관 로비에서 만나기로 했던 약속을 취소했다. 그는 하흐에게 카타리나의 어머니가 아마 《차이퉁》의 퇴트게스 기자의 방문 때문에 예기치 않게 사망한 것 같다고 전했다. 하흐는 아침보다 더 부드러워졌고, 카타리나가 분명 자신에게 화를 내지는 않을 거고 또 그럴 이유도 없다고 말하면서 그녀에게 조의를 전해 달라고 부탁했다. 자신은 언제나 도울 준비가 되어 있다고도 덧붙였다. 지금은 괴텐을 심문하느라 아주 바쁘지만 시간을 낼 거라고 했다. 그 밖에 지금까지는 괴텐의 심문에서 카타리나에게 불리한 것이 아무것도 나오지 않았다고 했다. 괴텐은 상당한 애정을 가지고 그리고 공정하게 그녀에 대해 말했다고 한다. 그렇지만 면회 허가는 기대할 수 없을 거라면서, 그 까닭은 친척도 아니고 '약혼자' 사이라는 것도 너무 모호하다고 판명되어, 차후에 부인되지 않으리라는 보장이 없기 때문이라고 했다.

어머니의 사망 소식을 들은 카타리나는 곧 쓰러질 것 같아 보이지는 않았고, 거의 마음의 무거운 짐을 내려놓은 듯 보였다. 물론 카타리나는 퇴트게스의 인터뷰가 언급되자 어머니의 말이 인용된 《차이퉁》 기사를 하이넨 박사에게서 확인했지만, 그렇다고 그 인터뷰에 대해 격분하는 하이넨 박사에게 동조하지는 않고 대신 이렇게 말했다. 그들은 살인자이자 명예를 훼손한 자라고. 그녀는 물론 그런 것을 무시하지만, 무고한 사람들의 명예, 명성 그리고 건강을 앗아 가는 것이 이런 종류의 신문사 관계자들의 의무인 모양이라고 했다. 그녀가 마르크스주의자일 거라고 잘못 추측하고 있던 하이넨 박사는 (아마도 카타리나의 전남편 브레틀로가 그녀에 대해 암시하는 말들을《차이퉁》에서 읽은 모양이었다.) 그녀의 냉담함에 다소 놀랐고, 그녀에게 그것이, 이러한 신문의 그물망이 구조적 문제라고 생각하느냐고 물었다. 카타리나는 그가 무슨 말을 하는지 몰라 고개를 저었다. 그러고 나서 에델가르트 간호사의 안내를 받아 블러스하임 부인과 함께 시체 안치소로 들어갔다. 카타리나가 직접 어머니의 얼굴을 덮고 있는 천을 걷고는 "맞아요." 하고 말하고 이마에 입을 맞추었다. 에델가르트 간호사가 그녀에게 짧은 기도라도 하라고 권하자, 그녀는 고개를 흔들며 "싫습니다."라고 했다. 그녀는 다시 어머니의 얼굴을 천으로 덮고, 수녀에게 감사하지만 하지 않겠다고 말했다. 그들이 시체 안치소를 떠나는 순간에야 비로소 그녀는 울기 시작했다. 처음에는 조용히, 그러다가 격렬하게, 결국에는 엉엉 목 놓아 울었다. 어쩌면 그녀는 돌아가신 아버지를 생각했는지도 모른다. 그녀는 여섯 살 때도 마찬가지로 시체 안치소에서 아버지를 마지막으로 보았다. 엘세 블러스하임은 카타리나가 우는 모습을 지금까지 한 번도 본 적이 없다는 걸, 어릴 때도 학창 시절에도 힘들고 주위 환경에 대한 고민이 그녀를 짓누를 때도 우는 모습을 본 적이 없다는 걸 떠올렸다. 아니, 더 정확하게 말하면 그녀가 우는 모습을 본 적이 없다는 게 기이하게 느껴졌다. 아주 공손하게, 거의 사랑스럽다고 할 정도의 태도로 카타리나는 외국인 후엘바와 푸엘코에게 그들이 어머니를 위해 수고해 준 모든 것에 대해 감사의 인사를 하겠다고 주장했다. 그녀는 태연하게 병원을 떠났고, 병원 관리실에 부탁해 복역 중인 오빠에게 전화로 어머니 소식을 알려 달라고 말하는 것도 잊지 않았다.

그녀는 오후 내내 그리고 저녁 내내 태연했다. 그녀가 또다시 이틀 치 《차이퉁》을 가지고 와서 전반적인 세부 사항들 및 이에 대한 그녀의 해석들을 블로르나 부부, 엘제 볼터스하임 그리고 콘라트 바이터스와 대조했을지라도, 《차이퉁》에 대한 생각도 아주 달라진 듯했다. 유행하는 말로 하자면, 감정적이라기보다는 오히려 분석적이었다. 그녀와 친숙하고 친절하다고 생각했던 에르빈 클로오크의 거실에서 가진 이 모임에서 그녀는 슈트로입레더와의 관계를 솔직히 털어놓았다. 어느 날 저녁 블로르나 집의 일이 끝난 뒤 그가 그녀를 집까지 데려다주었다고 한다. 그녀가 완강하게, 거의 불쾌할 정도로 거절했음에도 아파트 문 앞까지 그녀를 데려다주었고, 그러고는 심지어 발을 문 사이로 밀어 넣고는 아파트 안에까지 따라 들어왔다고 한다. 그리고 당연히 그가 치근대려고 했는데, 그녀가 그를 전혀 매력적이라고 생각하지 않았기 때문에 아마도 그는 모욕감을 느꼈을 거라고 한다. 결국 그는 자정이 지난 후에 돌아갔다고 한다. 이날부터 그는 그녀를 정기적으로 좇아다녔고, 늘 찾아오고, 꽃을 보내고 편지를 썼다고 한다. 몇 번은 그녀의 아파트 안까지 밀고 들어오는 데 성공하기도 했으며, 이렇게 들어왔을 때 그녀에게 반지를 막무가내로 주었다고 한다. 그것이 전부라고 한다. 그래서 그녀는 그의 방문을 시인하지 않았다면서, 그의 이름을 털어놓지 않은 이유는, 심문하는 수사관들에게 그들 사이에는 아무 일도, 정말 아무 일도, 단 한 번의 키스도 없었다는 걸 설명하는 것이 불가능하다고 생각했기 때문이라고 한다. 그녀가 슈트로입레더 같은 사람을, 그러니까 부유할 뿐만 아니라 정계나 재계, 학계에서 거절할 수 없을 정도의 매력 때문에 영화배우만큼 유명한 사람을 거부한다고 하면, 누가 그녀의 말을 믿어 주겠는가? 그리고 그녀 같은 가정부가 영화배우 같은 사람을 거절한다고 하면, 그것도 윤리적인 이유에서가 아니라 취향을 이유로 거절한다면, 누가 그녀의 말을 믿겠는가? 그는 정말 눈곱만큼의 자극도 주지 못했다면서, 그녀는 이 신사 방문 이야기 전체가 어떤 영역 안으로 아주 추하게 들이닥친 것처럼 느낀다고 한다. 그 영역을 은밀한 영역이라고 칭하고 싶지는 않은데, 오해를 불러일으킬 수 있기 때문이라고 한다. 그것은 그녀가 슈트로입레더와 암시적으로라도 은밀한 관계를 갖지 않았기 때문이 아니라, 그가 그녀로 하여금 어느 누구에게도, 심지어 심문하는 사람에게도 설명할 수 없는 상황으로 그녀를 몰아갔기 때문이라고 한다. 그러나 결국 (이 부분에서 그녀는 웃었다.) 그녀는 그래도 그에게 고마운 마음도 들었다고 한다. 왜냐하면 그의 집 열쇠가 루트비히에게 도움이 됐기 때문이다. 아니, 최소한 그의 집 주소만 있었어도 도움이 됐을 거라고 한다. 왜냐하면 (이 대목에서 그녀는 다시 웃었다.) 루트비히는 열쇠가 없어도 틀림없이 침입할 수 있었을 테니까. 그래도 열쇠가 있으면 당연히 쉬웠을 것이라고 한다. 게다가 그녀는 이 카니발 기간 동안 그 별장을 아무도 사용하지 않을 것임을 알고 있었다고 한다. 바로 이틀 전에 슈트로입레더가 또다시 그녀를 아주 심하게 괴롭혔고, 그가 바트 B.시에서 열리는 회의에 참석하기로 약속을 잡기 전까지는 거기서 주말을 같이 보내자고 졸라 댔다고 한다. 그렇다. 루트비히는 그녀에게 자신이 경찰의 수배를 받고 있다고 말했다고 한다. 그러나 자신이 탈영병이고 외국으로 내빼는 중이라고만 말했다고 한다. 그리고 (그녀는 여기서 세 번째로 웃었다.) 그녀 자신이 직접 그를 난방 배관 통로로 안내했고, '우아한 강변의 삶' 아파트 단지 끝에서 호흐케펠가의 모퉁이로 나 있는 비상 탈출구를 가르쳐 주었는데, 그게 무척 재미있었다고 한다. 아니, 그녀는 경찰이 자신과 괴텐을 감시하고 있을 거라고 생각하지 않았지만, 자신의 그런 행위를 일종의 강도와 경찰이 등장하는 활극으로 생각했다고 한다. 아침에야 비로소, (사실 루트비히는 이미 6시에 일찍 떠났다고 한다.) 그녀는 이 모든 것이 얼마나 심각한 일인지 느끼기 시작했다고 한다. 괴텐이 체포되어서 그녀는 오히려 마음이 놓이는 듯 보였다. 이제 그는 더 이상 어리석은 짓을 할 수 없을 거라고 그녀가 말했다. 바이츠메네라는 자가 무시무시하게 느껴져 계속 두려워하고 있었다고도 했다.

45

여기서 확인하고 확실히 해 두어야 할 것은, 토요일 오후와 저녁은 거의 편안하게 보냈다는 사실이다. 너무 편안해서 블로르나 부부, 엘제 볼터스하임, 기이할 정도로 조용한 콘라트 바이터스 모두가 꽤 진정되었을 정도였다. 마침내 사람들은, 심지어 카타리나 자신도 "긴장된 상황은 지나갔다"고 느꼈다. 괴텐은 체포되었고, 카타리나의 심문도 끝났고, 카타리나의 어머니는 이른 감이 있기는 하지만 심한 고통에서 벗어났으며, 장례 절차가 시작되어 필요한 모든 서류는 사육제 월요일에 해 주겠다는 약속을 쿠이르의 한 공무원에게서 이미 받아 놓았다. 그는 이날은 공휴일이지만 서류를 발급해 주겠다고 알려 왔다. 마지막으로 카페 주인 에르빈 클로오크는 모두가 먹고 마신 것(커피, 술, 감자 샐러드, 소시지 그리고 케이크)에 대한 돈을 받기를 완강하게 사양했고, 헤어질 때 "기운 내, 카타리나, 여기 있는 사람들 모두 너를 나쁘게 생각하지는 않아."라고 말했다는 점에서도 모종의 위로를 했다고 볼 수 있었다. 이 말들에 숨겨진 위로는 상대적인 것일지도 모른다. '모든 사람이 그렇지는 않다'는 말은 무슨 의미인가? 어쨌거나 그 말은 '모든 사람이 그렇지는 않다'는 것이다. 모두가 블로르나의 집으로 가서 거기서 남은 저녁 시간을 보내기로 의견의 일치를 보았다. 거기에서 카타리나는 집안일에 손도 까딱하지 못하게 제지를 당했다. 그녀는 휴가 중이고 좀 쉬어야 한다고들 했다. 부엌에서 빵을 준비한 사람은 볼터스하임 부인이었고, 그동안 블로르나와 바이터스는 벽난로에 불을 피웠다. 사실 카타리나는 '한 번쯤 대접을 받아야' 했다. 나중에는 정말 분위기가 좋아졌고, 사망 사건과 아주 사랑하는 사람이 체포되는 일만 없었다면, 틀림없이 늦은 시간까지 춤출 용기를 냈을 것이다. 어쨌든 카니발 기간이니까.

블로르나는 카타리나가 계획한 퇴트게스와의 인터뷰를 그만두게 하지 못했다. 그녀는 침착함을 잃지 않았고 매우 친절했다. 나중에 (인터뷰가 그 '인터뷰'로 확인된 후에) 블로르나가 돌이켜 생각해 봤을 때, 즉 카타리나가 얼마나 단호하고 냉정하게 그 인터뷰를 고집했는지, 그리고 얼마나 단호하게 그의 도움을 거절했는지 생각해 봤을 때, 그는 등골이 오싹해졌다. 그래도 나중에 그는 카타리나가 이미 이날 저녁에 살인을 결심했다고 확신할 수는 없었다. 그의 생각에는 아마도《존탁스 차이퉁》이 결정적인 역할을 했다고 보는 것이 더 그럴듯할 것 같았다. 사람들은 진지한 음악뿐만 아니라 경쾌한 음악도 듣고 카타리나나 엘제 볼터스하임이 게멜스브로이히와 쿠이르에서 보낸 시절의 이야기를 잠시 나눈 후, 다시 포옹을 나누고 평화로운 마음으로 헤어졌다. 이때는 눈물을 흘리지 않았다. 밤 10시 30분에야 비로소 카타리나, 볼터스하임 부인, 바이터스가 진한 우정과 동정을 확인하면서 블로르나 부부와 헤어졌고, 블로르나 부부는 그래도 제때에, 카타리나를 위해 제때에 돌아와서 다행이라고 했다. 그들은 불씨가 꺼져 가는 벽난로 앞에서 포도주를 마시며 새로운 휴가 계획을 세웠고 그들의 친구 슈트로입레더와 그의 부인 마우트의 성격에 대해 이야기를 나누었다. 블로르나가 부인에게 앞으로는 그 친구가 방문했을 때 "신사 방문"이라는 말을 쓰지 말라고 신신당부를 하며 그 말이 얼마나 신경을 자극하는지 아느냐고 하자, 트루데 블로르나가 말했다. "조만간 우리가 그를 다시 보기는 힘들 걸요."

46

카타리나가 그날 저녁의 남은 시간을 아주 조용히 보냈다는 것은 확실하다. 그녀는 베두인 여인의 의상을 다시 한 번 입어 보았고 몇 군데 꿰맨 곳을 야무지게 손질하면서 베일 대신 하얀 수건을 쓰기로 마음먹었다. 라디오를 잠깐 들었고, 구운 과자를 조금 먹었으며, 그러고 나서 잠자리에 들었다. 바이터스는 처음으로 다른 사람 앞에서 공개적으로 볼터스하임 부인과 함께 침실로 들어갔고, 카타리나는 소파에 편안히 누웠다.

47

일요일 아침 엘제 볼터스하임과 콘라트 바이터스가 일어났을 때, 너무나 친절하게도 식탁이 차려져 있었고, 커피는 이미 내려져 보온 주전자에 담겨 있었다. 카타리나는 벌써 맛있게 아침 식사를 끝내고 거실에 앉아 《존탁스차이퉁》을 읽고 있었다. 여기서는 보고하기보다는 거의 인용만 하도록 하겠다. 인정해야 할 것은, 카타리나의 "스토리"와 사진이 더는 1면을 장식하지 않았다는 점이다. 이번에는 루트비히 괴텐이 "사업가의 별장에 숨었던 카타리나 블룸의 다정한 연인"이라는 표제와 더불어 1면에 실렸다. 7 내지 9쪽에 걸쳐 많은 사진과 함께 실린 스토리 자체는 지금까지의 기사들보다 훨씬 더 풍부해졌다. 첫 영성체 때의 카타리나 사진, 상병으로 귀향하는 그녀 아버지의 사진, 게멜스브로이히에 있는 교회와 다시 한 번 블로르나 부부 저택의 사진이 실렸다. 대략 마흔 살쯤 돼 보이는 카타리나의 어머니가 몹시 비탄에 젖은 듯, 거의 쇠락한 모습으로 그들이 살았던 게멜스브로이히의 남루한 오두막 앞에 서 있는 사진, 마지막으로 카타리나의 어머니가 금요일에서 토요일로 넘어가는 밤에 사망한 병원 사진도 실렸다. 기사의 본문은 다음과 같다.

여전히 자유의 몸이고 정체를 알 수 없는 카타리나 블룸의 입증 가능한 첫 번째 희생자는 바로 그녀의 어머니라고 할 수 있다. 그녀의 어머니는 딸의 행실에 대한 충격에서 살아남지 못했다. 어머니는 죽어 가고 있는데 그 딸은 강도이자 살인자인 한 남자와 다정하게 춤추었다는 것 자체가 이미 너무 기이한 일이고, 그녀가 어머니의 죽음 앞에서 전혀 눈물을 흘리지 않았다는 것은 거의 극도의 변태에 가깝다. 이 여자는 정말 '얼음처럼 차갑고 타산적'일까? 명망 있는 시골 의사인 그녀의 예전

고용주의 부인은 이렇게 묘사한다. “그녀에게는 진짜 창녀 같은 기질이 있어요. 난 자라나는 내 아들들, 우리 환자들 그리고 내 남편의 명망을 위해 그녀를 해고하지 않을 수 없었답니다.” 카타리나 B.도 악명 높은 페너른 박사의 횡령 사건에 관여했을까? (《차이퉁》은 당시 이 사건에 대해 보고한 바 있다.) 그녀의 아버지는 꾀병쟁이였을까? 그녀의 오빠는 왜 범죄자가 되었을까? 여전히 불분명한 것은, 그녀의 갑작스러운 출세와 높은 소득이다. 이제 최종적으로 확실해진 사실은, 카타리나 블룸이 피로 물든 괴텐의 도주를 도왔다는 점이다. 그녀는 어느 명망 높은 학자이자 사업가의 우정 어린 신뢰와 자발적으로 도와주려는 마음을 악용했다. 그사이 본지에 거의 확고히 입증된 정보들이 제보되고 있다. 그녀가 신사 방문을 받은 것이 아니라, 그녀 자신이 별장을 찾아내기 위해 청하지 않은 숙녀 방문을 했다는 것이다. 블룸의 그 비밀스러운 드라이브 여행은 이제 비밀스럽지 않다. 그녀는 존경받는 한 사람의 명예, 그의 가족의 행복, 그의 정치적 경력을 (이 점은 본지가 이미 여러 차례 보도한 바 있다.) 양심 없이 위험에 빠뜨렸고, 착실한 아내의 감정과 네 명의 아이에 대해서는 전혀 신경 쓰지 않았다. 블룸은 좌파 그룹의 지령에 따라 틀림없이 S.의 경력을 파괴해야 했을 것이다.

경찰이나 검찰청은 블룸의 혐의를 완전히 없애려고 하는 파렴치한 괴텐을 정말 믿을 작정인가? 본지는 또 한 번 거듭해서 문제를 제기한다. 우리의 심문 방법이 너무 부드러운 것은 아닌가? 비인간적인 인간을 인간적으로 대해야 하는가?

블로르나와 그의 부인 그리고 그들의 저택이 찍힌 사진 밑에는 이렇게 쓰여 있다.

이 집에서 블룸은 아침 7시부터 오후 5시 30분까지 아무런 감시 감독도 받지 않고 혼자서 블로르나 박사와 역시 박사인 블로르나 부인의 전적인 신뢰를 받으며 일하고 있다. 아무것도 모르는 블로르나 부부가 그들의 직무에 전념하는 동안 이 집에서 무슨 일이 벌어졌을까? 아니면 그들도 전혀 모르지는 않았던 게 아니었을까? 블룸과 그들의 관계는 서로를 매우 신뢰하는, 거의 친밀한 사이라고 알려져 있다. 이웃들이 신문기자들에게 해 준 이야기에 따르면, 거의 친구 같은 관계라고 한다. 몇 가지 암시는 본 사건과 상관없기 때문에 여기서는 무시하겠다. 그렇다고 해도? 아직까지도 어느 유명한 공대의 연혁에 '빨갱이 투르데'로 나와 있는 부인 게르트루트 블로르나 박사는 무슨 역할을 했을까? 경찰이 뒤를 밟고 있었는데도 어떻게 괴텐은 블룸의 아파트에서 빠져나갈 수 있었을까? 이 '우아한 강변의 삶' 아파트의 설계 도면을 세세한 부분까지 알고 있는 사람이 누구인가? 블로르나 부인이다. 점원인 헤르타 Sch.와 노동자 클라우디아 St.는 이구동성으로 본지에 이렇게 말했다. "그들, 그들이 서로 춤추는 모습을 보면(블룸과 강도 괴텐을 의미함.) 이미 아주 오래전부터 알고 지낸 사이 같았어요. 그건 우연한 만남이 아니었고, 분명히 재회였습니다."

48

나중에, 괴텐이 슈트로입레더의 별장에 숨어 있는 것을 이미 목요일 밤 11시 30분부터 알고 있었으면서도 거의 48시간 동안 내버려 둠으로써 도주할 위험을 방치했다는 이유로 경찰 내부에서 비난을 받자, 바이츠메네는 웃으면서 말했다. 괴텐이 달아날 가능성은 이미 목요일 자정부터 없었다고. 그 집은 숲속에 있지만, 이상적인 방법으로 마치 감시탑으로 둘러싸듯 집 주위 나무 위에서 망을 보고 있었으며, 경찰청장은 이런 상황을 전부 알고 있었고 모든 조치에 동의했다고. 헬리콥터를 동원했고, 물론 그 소리가 들릴 수 있는 거리 밖에 착륙시켰으며, 즉각 특수부대가 투입되었고, 나무 위에서 망을 보도록 배치되었으며, 다음 날 아침 경찰 스물네 명을 추가로 투입함으로써 인근 경찰서의 병력을 아주 극비리에 강화했다고 했다. 가장 중요한 사항은, 괴텐이 누구와 접촉을 시도하는지를 관찰하는 것이었는데, 이 일이 성과를 거두었으니 그런 위험을 감수하는 건 옳았다고도 했다. 다섯 차례의 접촉 시도가 있었고, 괴텐을 체포하기 전에 당연히 그와 접촉한 다섯 명을 검문, 체포하고 그들의 집을 수색해야 했다고 했다. 괴텐이 다른 사람들과의 접촉을 끝내고 경솔한 건지 대담한 건지 외부에서 그를 관찰할 수 있을 정도로 스스로 안전하다고 느끼고 있을 때, 그제야 그를 급습했다고 했다. 그 밖에 몇몇 중요한 세부 사항은《차이퉁》의 기자들, 이 신문사에 속한 출판사, 이와 연결된 기관들 덕분에 파악할 수 있었다고 그는 말했다.

이런 기관들은 공무를 집행하는 수사관들에게는 드러나지 않은 세부 사항을 알아낼 때, 일단 유연하고 구태의연하지 않은 방법을 사용한다고 했다. 그래서 예컨대 볼터스하임 부인이 블로르나 부인과 마찬가지로 전력이 없는 사람이 아니라는 것을 밝혀냈다고 했다. 볼터스하임은 1930년 어느 여공의 사생아로 태어났고, 어머니가 아직 살아 있다고 했다. 하지만 어디에? 동독에. 강제가 아닌 자유의사에 따라 수차례, 처음에는 1945년에, 또 한 번은 1952년에, 또 한 번은 1961년 베를린 장벽이 세워지기 직전에 그녀 소유의 작은 집 한 채와 땅이 있는 고향 쿠이르로 돌아가라는 권유를 받았다고 한다. 그러나 그녀는 이 세 번의 권유를 모두 거절했다고 한다. 더 흥미로운 사실은, 볼터스하임의 아버지인 룸이라는 자 역시 노동자이며 당시 KPD[8]의 당원으로 1932년 소련으로 망명했지만 거기서 실종되었다는 것이다. 그는, 그러니까 바이츠메네는, 이런 종류의 실종자들은 독일군의 행방불명자 명단에서 찾을 수 없을 거라고 추정한다.

49

사건이나 행위의 상관관계에 대한, 확실하거나 비교적 분명한 암시들이 혹여라도 단순한 것으로 치부되어 지워지거나 오

8) Kommunistische Partei Deutschlands. '독일 공산당'의 약호다.

해받지 않으리라 확신할 수 없기 때문에 여기서 한 가지를 지적해 두어야겠다. 분명 소속 기자 퇴트게스의 잘못으로 카타리나의 어머니를 사망케 한 《차이퉁》지는 이제 《존탁스차이퉁》에서 카타리나가 어머니의 사망에 책임이 있다고 묘사하고, 뿐만 아니라 그녀에게 (그렇지 않을 가능성도 다소 열어 두긴 했지만) 슈트로입레더의 두 번째 집, 즉 별장 열쇠를 훔친 혐의까지 뒤집어씌웠다! 이것은 다시 한 번 강조되어야 한다. 이런 경우에는 진상을 확실히 알 수 있는 사람이 아무도 없기 때문이다. 또한 사람들이 《차이퉁》의 모든 비방, 거짓말, 왜곡을 제대로 이해하고 있는지도 그다지 확실하지 않다.

여기 블로르나의 경우에서 《차이퉁》이 비교적 합리적인 사람들에게조차 어떻게 영향을 미칠 수 있는지 볼 수 있을 것이다. 블로르나 가족이 사는 교외의 고급 주택가에서는 당연히 《존탁스차이퉁》이 판매되지 않았다. 그곳 사람들은 좀 더 품격 있는 것을 읽었다. 그래서 이제는 모든 것이 끝났다고 생각하고 그저 카타리나와 퇴트게스의 인터뷰를 조금 걱정스레 기다리던 블로르나는 정오에야 비로소, 그러니까 볼터스하임 부인에게 전화를 하고 나서야 비로소 《존탁스차이퉁》의 기사에 대해 알게 되었다. 볼터스하임 쪽에서는 당연히 블로르나가 《존탁스차이퉁》을 이미 읽었을 거라고 생각했다. 이제 사람들은 블로르나가 진심으로, 성실하게 카타리나를 염려해 주기는 하지만 냉담한 사람이었음을 알게 되었을 것이다. 볼터스하임 부인이 《존탁스차이퉁》의 해당 구절을 전화로 읽어 주었을 때, 그는 (사람들이 표현하듯이) 자신의 오감을, 이 경우에는 단 하나의 감각기관, 즉 청각을 믿지 않았다. 그는 다시 한 번 읽어 달라고 했고, 그제야 믿지 않을 수 없었다. 그러고는 (사람들이 아마도 이렇게 표현할 것이다.) 머리끝까지 화가 나 폭발하고 말았다. 그는 소리를 지르고 고함을 치며 부엌에서 빈 병 하나를 찾아 차고로 달려갔다. 거기에서 다행히도 그의 부인이 진짜 화염병을 만들려는 그를 말렸다. 그는 화염병을 만들어 《차이퉁》의 편집부에 던지고 나서는 두 번째 화염병을 슈트로입레더의 '첫 번째 집'에 던지려고 했다. 이 장면을 상상해 눈앞에 그려 보자. 마흔두 살의 대학 교육을 받은 사람이, 그것도 칠 년 전부터 냉정하고 명확하게 일을 잘 처리하고, 브라질이나 사우디아라비아뿐만 아니라 북아일랜드에서도 국제적인 업무를 훌륭하게 처리했기 때문에 뤼딩의 주목과 슈트로입레더의 존경을 받았던 사람이, 한마디로 말해, 단순히 한 지역의 명사가 아니라 전적으로 국제적인 인물인 그런 사람이 화염병을 만들려고 했다니!

블로르나 부인은 재빨리 이런 행동을 즉흥적이고 소시민적이며 낭만적인 무정부주의라고 하면서, 그를 철저하게 논평했다. 마치 아프거나 상처가 난 신체 부위에 대해 말하듯이 말이다. 그녀는 직접 수화기를 들더니 볼터스하임 부인에게 그 해당 구절을 읽어 달라고 했다. 여기서 이야기해야 할 것은, 그녀의 얼굴이 상당히 창백해졌고, 그녀조차 심지어 화염병 제조보다 더 심한 짓을 했다는 사실이다. 그녀는 수화기를 들고 뤼딩에게 전화를 걸어 (이 시간에 그는 후식으로 생크림과 바닐라 아이스크림을 곁들인 딸기를 먹느라 정신이 없었다.) 간단히 이렇게 말했다. "당신은 개자식이야, 비열한 돼지 새끼!" 그녀가 자신의 이름을 말하지는 않았지만, 그래도 블로르나 가족의 지인들은 모두 적확하고 날카로운 논평으로 악명 높은 그 부인의 목소리를 알고 있다고 추정할 수 있다. 그녀가 슈트로입레더와 통화했다고 생각한 그녀의 남편이 보기에는 그런 행동 역시 너무 지나친 것이었다. 이제, 여기저기서 말다툼과 싸움이 벌어졌다. 블로르나 부부 간에도, 블로르나 부부와 다른 사람들 사이에도 싸움이 벌어졌다. 그러나 여기서는 어느 누구도 살해되지 않았으니, 대수롭지 않게 여기고 지나가도 무방할 것이다. 의도적이긴 했지만 그 자체로 보면 그다지 중요하지 않은, 《존탁스차이퉁》 기사의 결과를 여기서 언급하는 것은, 그것이 교양을 갖추고 성공한 사람들조차 얼마나 분노케 하고 얼마나 거친 방식의 폭력까지 생각하게 만들었는지 알리기 위해서다.

확인된 사실은, 이 시간에(대략 12시경) 카타리나는 아마도 퇴트게스에 대한 정보를 수집하기 위해 한 시간 반쯤 기자들이 자주 찾는 술집 '골드엔테'[9]에서 눈에 띄지 않게 머물렀고 그곳을 나와 자신의 아파트에서 십오 분쯤 늦게 나타난 퇴트게스를 기다렸다는 것이다. 그 '인터뷰'에 대해 더 이야기할 필요는 아마 없을 것이다. 그것이 어떻게 끝났는지 우리는 이미 알고 있다.(3장을 참고하시라.)

9) '황금오리'라는 뜻이다.

50

카타리나의 아버지가 위장한 공산주의자였다는, 게멜스브로이히의 한 신부가 제공한 놀랄 만한(관계자 모두를 놀라게 한) 정보가 사실인지를 조사하기 위해 블로르나는 하루 날을 잡아 그 마을로 갔다. 우선, 이 신부는 자신의 진술을 거듭 확인해 주었고, 《차이퉁》이 그의 말을 그대로 올바르게 인용했다고 인정했으며, 자신의 주장에 대한 근거는 제시할 수 없고 그러고 싶지도 않다고 했다. 심지어 그럴 필요가 없다고까지 말했다. 그는 자신의 후각이 항상 믿을 만하다며, 블룸이 공산주의자라는 냄새를 그냥 맡았다고 했다. 그가 자신의 후각을 정의하려고 하지 않았으므로, 블로르나가 그에게 설명을 부탁했을 때, 즉 그가 자신의 후각을 정의할 수 없다면 대체 공산주의의 냄새란 어떤 냄새인지, 소위 공산주의자 냄새가 난다는 것이 어떤 것인지를 설명해 달라고 부탁했을 때, 그는 아주 비협조적이었다. 이 대목에서 (유감이지만 이것을 꼭 말해야겠다.) 그 신부는 상당히 불친절해졌고, 블로르나에게 가톨릭 신자냐고 물었다. 블로르나가 그렇다고 하자, 그 신부는 그에게 순종의 의무를 다하라고 했다. 블로르나는 전혀 이해할 수 없었다. 당연히 그 순간부터 그는 블룸 가족을 조사하는 데 어려움을 겪게 되었다. 블룸 가족은 그다지 평판이 좋지 않았던 모양이다. 그는 죽은 카타리나의 어머니에 대해 좋지 않은 이야기를 들었다. 그녀가 해고된 성물 간수인과 함께 성물 보관실에서 미사용 포도주 한 병을 깨끗이 비웠다는 것은 사실이었다. 그는 카타리나의 오빠에 대해서도 나쁜 이야기를 들었다. 그는 정말 골칫거리였다고 한다. 카타리나의 아버지가 공산주의자였음을 입증하는 유일한 인용문은 1949년 그 마을에 있는 일곱 술집 가운데 한 곳에서 농부 쇼이벨에게 카타리나의 아버지가 했던 말로, '사회주의가 절대 최악의 것은 아니다'라는 내용이었다고 한다. 그 이상은 얻어 낼 수 없었다. 블로르나는 마을에서의 조사를 별 소득 없이 끝냈다. 그 자신이 공산주의라고 욕을 먹지는 않았지만 공산주의자로 불리게 되었다는 점이 바로 유일한 수확이었다. 그러니까 유독 괴로울 정도로 그를 놀라게 했던 것은, 그때까지만 해도 그를 어느 정도 도와주고 거의 공감이라고 할 만한 것을 보였던 어느 부인이(엘마 추브링어라는, 정년퇴임한 여교사) 그와 헤어질 때 냉소적인 미소를 보내고 윙크까지 하면서 이렇게 말했다는 사실이다. "당신 자신도 그들 중 한 명이라고 왜 인정하지 않으시죠? 당신 부인은 정말로 그렇잖아요."

51

여기서 유감스럽지만 한두 가지 폭력 사건에 대해 말하지 않을 수 없다. 폭력 사건은 블로르나가 카타리나의 재판을 위해 준비를 하는 동안 발생했다. 카타리나의 청에 따라 괴텐의 변호를 맡고 그들 둘의 상호 방문을 허락받으려고 애썼을 때 그는 아주 큰 실수를 범했다. 그들 두 사람이 약혼한 사이라고 주장했던 것이다. 2월 20일 그 문제의 날 저녁에 그리고 계속 이어진 밤에 약혼했다고. 기타 등등, 기타 등등. 《차이퉁》이 그에 대해, 괴텐에 대해, 카타리나에 대해, 블로르나 부인에 대해 어떻게 썼을지는 상상할 수 있을 것이다. 여기서 모든 것을 언급하거나 인용하지는 않겠다. 흐르는 수면 상태가 어느 정도 손상되거나 그 상태를 이탈하는 일은 꼭 필요한 경우에만 일어나야 하는데, 여기에서 그럴 필요까지는 없다. 왜냐하면 사람들은 이제 《차이퉁》을 잘 알게 되었기 때문이다. 블로르나가 이혼하려 한다는 소문이 퍼졌다. 이것은 아무 근거도 없는, 정말 전혀 사실이 아닌 소문이었다. 그런데도 이 소문이 부부 사이에 모종의 불신의 씨를 뿌렸다. 그의 경제 사정이 나빠졌다는 주장이 있었는데, 그것이 사실로 드러났기 때문에 상황이 좋지 않았다. 사실 그는 약간 무리를 했다. 카타리나의 아파트에 대한 일종의 신탁 관리권을 넘겨받았기 때문이다. 그런데 그녀의 아파트는 '피로 얼룩졌다'고 여겨져 세를 들이기도 어려웠고 팔 수도 없었다. 아무튼 아파트 가격은 떨어졌고, 동시에 블로르나는 줄지 않고 그대로인 대출 상환금, 이자 등을 지불해야 했다. 더구나 '우아한 강변의 삶' 아파트 단지와 관련이 있는 '하프텍스' 사가 카타리나 블룸을 상대로 손해배상 청구를 고려하고 있다는 첫 징후들까지 보였다. 이유는 그녀가 단지의 집세나 매매 가치 및 사회적 가치를 손상시켰기 때문이라고 한다. 보다시피 분노, 상당히 많은 분노가 폭발됐다. 건축 회사는 블로르나 부인을 배임의 이유로 (배임 혐의는 그녀가 카타리나에게 아파트 단지의 하부 구조를 알려 주었다는 점에 기인한다.) 해고하려고 하고, 1심에서는 기각되었지만, 2심, 3심에서는 어떤 판결이 내려질지 아무도 확신할 수 없는 상황이다. 게다가 한 가지 더 말하자면, 두 대의 자동차 중 한 대는 이미 처분되었는데, 블로르나의 정말 꽤 우아한 '고급차' 사진이 최근 다음과 같은 설명과 함께 《차이퉁》에 실렸다. "빨갱이 변호사가 서민의 차로 바꿔 타지 않으면 안 될 날이 언제쯤일까?"

52

당연히 '뤼스트라' 사(뤼딩과 슈트로입레더의 투자 회사)와 블로르나의 관계 역시, 끊기지는 않았다고 해도 엉망이 되었다. 사람들은 입만 열면 관계를 "청산"하라고들 한다. 아무튼 그는 최근에 슈트로입레더에게서 전화로 통보를 받았다. "우리가 자네들을 굶어 죽게 하지는 않을 걸세." 이때 블로르나가 놀랐던 것은, 슈트로입레더가 "자네를"이라고 하지 않고 "자네들을"이라고 말한 때문이다. 그는 물론 여전히 '뤼스트라'와 '하프텍스'를 위해서 일하고 있다. 하지만 이제 국제적인 차원이나 심지어 국가적인 차원의 일도 하지 않는다. 이따금 지역적인, 대부분 지엽적 차원에서 일하고 있을 뿐이다. 이는 그가 불쾌한 계약 위반자나 소송을 잘 거는 불평꾼들과 상대하지 않으면 안 된다는 것을 의미한다. 이런 사람들은 건물을 약속대로 대리석으로 장식하지 않고 그저 졸른호펜의 석판으로 마감했다고 소송을 제기하거나, 욕실 문에 연마와 니스로 세 겹 칠을 해 주기로 약속했는데 칼로 칠을 벗겨 보고 감정가를 고용해 보니 칠이 두 번만 됐음을 확인했다고 하는 유형이다. 뚝뚝 물이 새는 욕실의 수도꼭지, 고장 난 쓰레기 투입기 등을 핑계로 계약에 약정한 금액을 지불하지 않으려는 자들이다. 요즘 그에게 위임되는 것은 이런 사건들이다. 예전에는 늘 그랬던 것은 아니지만 그래도 제법 자주 부에노스아이레스와 페르세폴리스 사이를 오가면서 커다란 규모의 프로젝트 기획에도 영향을 미쳤는데 말이다. 군대에서는 이런 경우를 대개 굴욕적인 상황과 연관된 강등이라고 한다. 그 결과, 아직 위궤양은 아니지만 블로르나의 위가 신호를 보내기 시작한다. 그가 콜포르스텐하임에서 자체 조사를 시작하면서 상황이 더 나빠졌다. 괴텐을 체포하던 당시 열쇠가 안에 꽂혀 있었는지 아니면 바깥에 꽂혀 있었는지, 혹은 괴텐이 무언가를 부수고 침입한 흔적이 발견되었는지 그 지역 경찰서장의 말을 들어 보기 위해서였다. 그 사건의 수사는 종결되었는데 또 무슨 일이오? 이 일은 확인되어야 하는데, 이 일로 좀처럼 위의 통증이 나아지지 않는다. 설사 헤르만스 경찰서장이 그에게 매우 친절하고 절대 그를 공산주의자라고 의심하지 않았다 해도, 그는 블로르나에게 이 사건에서 손을 떼라고 간곡하게 충고했다. 그나마 블로르나에게 위안이 되는 것은 아내가 그에게 점점 더 친절하게 대해 준다는 것이다. 그녀의 혀는 여전히 신랄하지만, 더는 그에게 적대적으로 혀를 놀리지 않는다. 단지 다른 사람들에게, 물론 모든 사람에게는 아니지만, 다른 사람들에게만 적대적으로 신랄한 혀를 사용할 뿐이다. 저택을 팔고, 카타리나의 아파트 대출금을 청산한 후 사서 그리로 이사하려는 그녀의 계획은 지금까지 아파트 크기 때문에 이루어지지 못하고 있다. 블로르나는 시내에 있는 자신의 사무실을 포기하고 집에서 업무를 보려고 하는데, 그러기에는 아파트가 너무 작은 것이다. 플레이보이 기질이 있는 자유주의자로 통하고, 쾌활하고 호감이 가는 동료였기에 그의 파티는 늘 인기가 있었는데, 그러던 그가 금욕적인 성향을 보이기 시작하고 항상 중요시해 오던 의상도 신경 쓰지 않기 시작했다. 유행으로 생각해서가 아니라 정말로 자신의 차림새에 신경 쓰지 않았기 때문에, 몇몇 동료들은 심지어 그가 최소한의 몸 관리도 하지 않아서 악취를 풍긴다고까지 주장했다. 그러니 그가 다시 출세할 수 있을 거라는 희망을 걸기도 여의치 않았다. 실제로 (여기에서는 어떠한 것도, 정말 사소한 것도 침묵해서는 안 된다.) 그의 몸에서 나는 냄새는 이제 예전의 그 냄새가 아니기 때문이다. 아침마다 활기차게 샤워 물줄기 아래로 뛰어들어 비누, 데오도란트, 향수를 듬뿍듬뿍 사용하던 남자의 냄새가 아니다. 간단히 말해 그에게는 엄청난 변화가 일어나고 있다. 그의 친구들은 (그는 아직 몇몇 친구들과 친분을 유지하고 있다. 누구보다 하흐와는 루트비히 괴텐과 카타리나 블룸의 사건 때문에 직업적으로도 여전히 볼일이 있다.) 그를 염려하고 있다. 특히 그가 자신의 공격성을, 그를 끊임없이 짧게나마 기사화하여 문제시하는 《차이퉁》에 대한 공격 심리 같은 것을 더는 분출하지 않고 삼켜 버리는 것을 걱정한다. 그 친구들의 걱정은 이만

저만이 아니어서, 트루데 블로르나에게 블로르나가 무기를 소지하거나 폭발물을 만들고 있지는 않은지 눈에 띄지 않게 감시하라고 부탁할 정도다. 그건 에긴하르트 템플러라는 기자가 살해된 퇴트게스의 후임자로 퇴트게스가 하던 일을 계속하고 있기 때문이다. 템플러는 블로르나가 사설 전당포에 들어가는 모습을 사진에 담고, 이어서 《차이퉁》의 독자들에게 블로르나와 전당포 주인이 흥정하는 모습을 보여 주기 위해 창문 너머에서 사진을 찍는 데도 성공했다. 그곳에서 그는 반지 하나를 두고 저당 금액을 흥정하는 중이었고, 전당포 주인이 반지를 돋보기로 들여다보면서 감정을 하고 있었다. 이 사진 밑에는 다음과 같이 쓰여 있다. "빨갱이의 자금줄은 정말 더 이상 흐르지 않는 걸까? 아니면 여기서 궁핍함을 가장하고 있는 걸까?"

53

블로르나의 가장 큰 걱정거리는, 공판에서 카타리나가 진술할 방향을 유도하는 것이다. 그러니까 일요일 오전에야 비로소 퇴트게스에게 복수할 것을 결심했으며, 결코 살해할 의도는 없었고 그저 위협만 하려 했다고 진술해야 한다. 토요일에, 즉 인터뷰를 하기 위해 퇴트게스를 아파트로 초대했을 때, 그녀는 이미 그에게 자신의 생각을 강력하게 피력하고 그가 그녀와 어머니 삶에 무슨 짓을 했는지 주목하게 할 의도를 가지고 있긴 했지만, 일요일에, 즉 《존탁스차이퉁》의 기사를 읽고 난 뒤에도 결코 그를 살해하기로 마음먹지는 않았다고 진술하도록 하는 것이다. 카타리나가 며칠에 걸쳐 살인을 계획하고 계획대로 실행에 옮겼다는 인상은 주어서는 안 된다. 그가 그녀에게 (그녀는 이미 목요일에 첫 번째 기사를 읽고 나서 죽여 버리고 싶다고 생각했다고 진술하고 있다.) 분명히 하려고 애쓰는 바는, 그 자신을 포함해 많은 사람들이 이따금 누군가를 죽여 버리고 싶다는 생각을 하며, 죽여 버리고 싶다는 생각과 살해 계획은 엄연히 구분되어야 한다는 점이다. 그 밖에 그를 불안하게 하는 것은 카타리나가 아직도 후회의 감정을 느끼지 못하고 있고, 그래서 법정에서 그런 감정을 보일 수 없다는 점이다. 그녀는 결코 기가 꺾이지 않았고, 오히려 왠지 모르게 행복해한다. 그녀는 "나의 사랑하는 루트비히와 같은 조건에서" 살게 되기 때문이라고 말한다. 그녀는 모범수로 인정받아 주방에서 일하다가, 공판이 늦어질 경우에는 관리과(운영 부서)로 옮겨지게 되어 있다. 그러나 들리는 얘기에 따르면, 그곳에서는 그녀를 결코 환대하지 않을 거라고 한다. 사람들이, 관리소 측에서나 수감자 측에서도, 그녀에게 따라붙는 꼼꼼하고 정확하다는 평판을 두려워하고 있고, 카타리나가 아마 수감 기간 내내 (15년이 구형되어 8년에서 10년을 선고받을 것으로 예상된다.) 운영부 쪽에서 일하게 될 거라는 예상이 끔찍한 뉴스로 형무소 전체에 퍼져 있다. 보다시피, 계획성 있는 지성과 관련된 정확성은 감옥이나 관리소 어디에서도 절대 원하는 바가 아니다.

54

하흐가 블로르나를 믿고 전해 주었듯이, 괴텐의 살인 혐의는 아마도 주장될 수 없고, 따라서 제기되지도 않을 것이다. 그가 군부대를 탈영했을 뿐만 아니라 그 밖에 이 중요한 기관에 상당한 손해(도덕적인 손해뿐만 아니라 물질적인 손해까지)를 입혔다는 것은 사실로 입증되었다. 은행 강도가 아니라, 두 개 연대의 군인 급여와 막대한 적립금이 들어 있는 금고를 완전히 약탈한 것과, 그 밖에 장부 위조, 무기 절도가 확인되었다. 따라서 그도 8년에서 10년 형을 받을 거라고 예상할 수 있다. 그렇게 된다면, 석방될 때 그의 나이는 대략 서른네 살, 카타리나는 서른다섯 살이 될 것이다. 실제로 그녀에게는 장래 계획이 있다. 그녀는 자신이 출옥하기 전까지 이자가 많이 붙어 재산이 늘어날 거라고 예산하고 있고, 그렇게 되면 "어딘가에, 당연히 여기가 아닌 어디 다른 곳에 요리사 서비스가 훌륭한 레스토랑"을 열 계획을 가지고 있다. 이제 그녀를 괴텐의 약혼녀로 간주해도 좋을지, 이 문제는 아마도 더 높은 상급 부서가 아닌 최고 기관에서 정하게 될 것이다. 해당 신청서들은 제출되었고 각 기관을 거치면서 검토되는 중이다. 말이 나온 김에 이야기하자면, 괴텐이 통화하려고 했던 사람은 전부 군 소속 인사들과 그 부인들이었고, 개중에는 장교와 장교 부인들도 있었다. 사람들은 제법 규모가 있는 스캔들이 될 거라고들 한다.

55

카타리나가 자유를 제한당한 채 거의 착잡한 심정으로 미래를 바라보는 동안, 엘제 볼터스하임은 씁쓸함이 점점 더 심해지는 상황에 처하게 된다. 그녀의 어머니와 스탈린주의의 희생자로 알려진, 돌아가신 아버지에 대한 증상이 그녀를 몹시 괴롭혔다. 엘제 볼터스하임에게서는 사회를 적대시하는 경향이 매우 강하게 드러났는데, 콘라트 바이터스조차 그런 경향을 완화시키지 못하고 있다. 엘제가 뷔페의 냉요리 코너의 전문가, 계획 및 준비와 감독의 전문가가 됨에 따라, 그녀의 공격성은 점점 더 파티 손님들을 향하고 있다. 손님들은 대부분 국내외 저널리스트, 기업가, 노동조합의 간부, 은행가 혹은 간부급 직원 들이다. 최근에 그녀는 '때때로' 블로르나에게 말했다. "나는 억지로 나 자신을 꾹 억눌러야만 했어요. 안 그랬다간 등골이 오싹한 게 어떤 건지 좀 배우라고 어떤 얼간이 같은 놈의 연미복에 감자 샐러드 사발을 내던지거나 멍청한 여자들의 푹 파인 가슴에 얇게 저민 연어 접시를 엎어 버렸을지도 모르니까요. 그들도 한 번쯤은 다른 쪽에서, 그러니까 우리 쪽에서 상상해 보아야 해요. 그들 모두가 저기서 입을, 아니 좀 더 적나라하게 표현하면, 주둥아리를 떡 벌리고 서 있는 꼴이나, 그러다가 갑자기 모두 캐비아를 넣은 빵을 향해 일제히 달려드는 꼴을 말입니다. 이런 유형도 있어요. 내가 알기로는 백만장자나 그 부인이라는 사람들이 담배나 성냥, 과자를 주머니에 슬쩍 집어넣는 거예요. 그다음에는 비닐봉지를 하나

가져와 거기에 커피를 넣어 가요. 여하간 이런 게 모두 우리 세금으로 지불되잖아요. 아끼느라 아침이나 점심을 거르고 있다가 독수리처럼 뷔페에 달려드는 유형도 있어요. 하지만 이런 비유로 오히려 독수리를 모욕하고 싶지는 않군요."

56

명백한 폭력 행사에 대해서는 지금까지 한 건만 알려졌는데, 이는 유감스럽게도 대중으로부터 상당히 큰 주목을 받았다. 블로르나는 자신이 후원하는 화가 프레데리크 르 보슈의 전시 개막식에서 슈트로입레더를 사적으로는 처음으로 다시 만났다. 그가 반색하며 블로르나 쪽으로 다가왔을 때, 블로르나는 악수를 하고 싶지 않았지만, 슈트로입레더가 그의 손을 덥석 쥐고 속삭였다. "맙소사, 너무 심각하게 생각하지 말라고. 우리는 자네들을 몰락시키지 않을 거야. 다만 유감스럽게도 자네가 자신을 망치고 있어." 자, 이제 유감스럽지만, 이 순간 블로르나가 슈트로입레더의 면상을 정말 후려갈겼다는 것을 정확히 보고해야 한다. 빨리 잊어버리기 위해 마찬가지로 빨리 말하면, 슈트로입레더는 코피를 흘렸다. 개인적인 판단에 따르면, 네 방울에서 일곱 방울 정도였다. 그러나 더 심각했던 것은, 슈트로입레더가 뒤로 물러나긴 했지만, 이렇게 말했다는 사실이다. "자네를 용서하겠네. 자네 심정을 생각해서 자네의 모든 것을 용서하지." 이 말이 블로르나의 화를 더욱 돋운 듯했고, 결국 목격자들이 '격투'라고 표현하는 사태에까지 이르게 되었다. 슈트로입레더나 블로르나 같은 사람들이 대중 앞에 모습을 드러낼 때면 늘 그러듯이, 코텐제엘이라는 《차이퉁》의 사진기자, 즉 살해당한 쇠너의 후임자도 그 자리에 있었다. 《차이퉁》이 이 격투 장면의 사진을 신문에 싣고 "보수 정치가, 좌파 변호사에게 폭행당하다"라는 설명을 달았다 해도 어쩌면 사람들은 이 신문사를 그다지 역겹게 생각하지 않을지 모른다. 왜냐하면 그사이 이 신문의 특성을 잘 알게 되었으니까. 물론 다음 날 아침에야 비로소 실리겠지만 말이다. 전시회가 열리는 동안 마우트 슈트로입레더와 트루데 블로르나도 마주쳤다. 마우트 슈트로입레더가 트루데 블로르나에게 말했다. "사랑하는 트루데, 내 동병상련을 분명 느낄 수 있겠지." 그러자 트루데 블로르나가 마우트 슈트로입레더에게 말했다. "네 동병상련은 냉동실에나 넣어 두지그래. 네 감정은 그 속에 다 들어 있잖아." 그러고 나서 그녀는 다시 한 번 마우트 슈트로입레더에게서 용서, 관용, 동정 아니 거의 사랑에 가까운 것까지 받으면서 "괜찮아, 정말 괜찮아. 너한테 갈기갈기 찢기는 듯한 말을 듣는다고 해도 내 동병상련이 줄어들지는 않아."라는 말을 들었다. 그러자 트루데 블로르나는 차마 여기서 다시 재현할 수 없는 말로 대꾸했다. 그 말에 대해서는 단지 보고 형식으로만 전달될 수 있다. 결코 숙녀가 할 말은 아니었다. 그런 말로 트루데는 슈트로입레더의 숱한 접근 시도들을 비꼬듯 암시했고 무엇보다도 함구할 의무까지 저버리고 (이는 한 변호사의 아내가 지켜야 할 의무다.) 반지, 편지들 그리고 열쇠를 지적하면서, 그것들이 "끊임없이 구애를 거절당한 네 남편이 모 아파트에 두고 간 것들"이라고 비꼬았다. 이 대목에서 말싸움하는 두 부인을 화가 프레데릭 르 보슈가 뜯어말렸다. 그는 누가 뭐라 해도 듣지 않고 슈트로입레더의 피를 침착하게 습자지에 받아서 "1분짜리 예술 작품"(그가 그렇게 부르듯이)으로 만들었고, 그 작품에 "남자들의 오랜 우정의 종말"이라는 제목을 붙였다. 그는 서명을 하고 그걸 슈트로입레더가 아닌 블로르나에게 선사하면서 "자네 은행 잔고를 좀 불리고 싶으면 이걸 팔아도 좋네."라고 말했다. 지금 막 언급하는 사실이나 처음에 묘사된 폭력 사건에서도 알 수 있는 것은, 예술은 여전히 사회적 기능을 갖고 있다는 점이다.

57

여기 종말을 향해 달리고 있는 가운데 조화로운 이야기는 별로 전하지 못하고 그런 조화로움에 대해서 아주 적은 희망밖에 가질 수 없다는 것은 물론 상당히 유감스러운 일이다. 결과로 나타난 것은 통합이 아니라 대질뿐이었다. 왜? 혹은 대체 어째서? 당연히 이런 질문을 허용해야만 한다. 어느 젊은 여자가 즐거운 기분으로 쾌활하게 전혀 위험하지 않은 댄스파티에 갔었는데, 나흘 후에 그녀는 (여기서는 선고를 내리는 것이 아니라 단지 보고만 해야 하기 때문에, 사실의 보고에 그쳐야 한다.) 살인자가 된다. 사실 잘 들여다보면 그것은 신문 보도 때문이었다. 신경전과 긴장, 결국에는 아주아주 오랫동안 친분을 유지해 오던 남자들 사이에 격투까지 벌어졌다. 그들 부인들의 신랄한 언쟁도. 거절당한 동정. 그렇다. 거부당한 사랑. 아주 불쾌하게 전개된 상황들. 삶과 여행과 사치를 좋아하던, 쾌활하고 세계를 향해 열린 마음을 갖고 있던 사람이 자신을 방치해 결국 몸에서 악취까지 난다고 하니! 심지어 입 냄새까지 난다는 것도 확인되었다. 그는 자신의 저택을 팔려고 내놓고 전당포에 드나든다. 그의 부인은 2심에서 패소할 것이 확실하기 때문에 '뭔가 다른 일을 찾아' 주위를 두리번거린다. 그녀, 이 재능 있는 부인은 심지어 '인테리어 상담원'이라는 직함의, 급이 조금 높은 판매원으로 어느 큰 가구 회사에 취직할 마음의 준비도 되어 있다. 그러나 그곳에서 사람들이 그녀에게 알려 준 사실은, "우리가 일반적으로 상대하는 고객 수준은 바로 당신이 싸웠던 그 부인들의 수준"이라는 것이다. 간단히 말해 상황이 좋아 보이지 않는다. 하흐 검사는 벌써 친구들에게 은밀히 쏙닥거렸다. 그런 얘기를 블로르나에게 할 용기는 나지 않았다. 즉 블로르나의 편견이 지나치기 때문에 아마 그를 변호사로 선임하지 않을 거라는 얘기였다. 그러면 어떤 결과가 나오겠는가? 어떻게 종결되겠는가? 블로르나가 더 이상 카타리나를 방문하지도, 그녀와 (이제 침묵해서는 안 된다!) 손을 잡지도 못한다면 결과가 어찌 되겠는가? 의심의 여지 없이 그는 그녀를 사랑하지만 그녀는 그렇지 않다. 그에게는 희망이 전혀 없다. 왜냐하면 모든 것이, 전부가 그녀의 '사랑하는 루트비히' 것이기 때문이다. 여기서 부언해야 할 바는, '손을 잡는 것'은 완전히 일방적인 일이라는 점이다. 왜냐하면 오로지 카타리나가 서류나 메모 또는 서류철을 건네줄 때만 그의 손을 그녀의 손에 포갤 수 있기 때문이다. 그것도 평상시보다 10분의 3, 4초, 기껏해야 10분의 5초 정도 더 오래 그녀의 손에 그의 손을 올려놓을 수 있을 뿐이다. 빌어먹을, 여기서 어떻게 조화를 만들어 내야 하는가? 카타리나에 대한 그의 강렬한 애착도 결코 자신의 몸을 (지금 한 번 더 말하겠다.) 좀 더 자주 씻게 하지 못한다. 그가 혼자서 무기의 출처를 찾아냈다는 사실도 (이는 바이츠메네, 뫼딩, 그의 조수들도 못한 것이다.) 결코 그를 위로하지 못한다. '찾아냈다'라는 말은 어쩌면 너무 지나친 것인지도 모르겠다. 이 기회에 콘라트 바이터스가 스스로 고백했기 때문이다. 그는 예전에 나치 당원이었는데, 이 사실 덕분에 아마 지금까지 그에 대해 주목하지 않았을 거라고 한다. 이제 그는 쿠이르의 정치 지도자가 되었으며 옛날 같았으면 볼터스하임 부인의 어머니를 위해 뭔가 할 수 있었을 거라고 한다. 그리고 이제야 말하지만, 그 권총은 자신이 과거에 근무용으로 사용하던 것을 숨겨 둔 것인데, 어리석게도 엘제와 카타리나에게 가끔 보여 주었다고 한다. 게다가 한번은 셋이서 숲으로 차를 타고 가 거기서 사격 연습을 하기도 했다고 한다. 카타리나의 사격 솜씨는 아주 훌륭했다고 한다. 그리고 그녀가 소녀 시절에 사격 클럽에서 급사로 일한 적이 있으며 이따금 총을 쏘아 볼 기회도 있었다고 그에게 말했다고 한다. 토요일 저녁에는 카타리나가 그에게 그의 집 열쇠를 빌려 달라고 부탁했다고 한다. 그녀는 혼자 있고 싶어 하는 자신의 마음을 그가 이해해 주었으면 좋겠고, 자신의 아파트는 죽음, 죽음처럼 느껴지기 때문에 이렇게 부탁하는 거라고 했다 한다. 그러나 토요일에 그녀는 엘제의 집에 머물렀고, 권총은 일요일에 그의 집에서 가져간 것이 틀림없다고 한다. 더 정확히 말해, 아침 식사를 하고 《존탁스차이퉁》을 읽은 뒤 베두인 여자로 가장하고 기자들이 모이는 술집에 가던 길에 말이다.

58

마지막으로 어느 정도 기쁜 소식이라 할 만한 것을 보고하는 일이 남아 있다. 카타리나는 블로르나에게 범행 일체를 이야기했고, 살인을 저지르고 나서 뫼딩의 집으로 가기 전까지 일곱 시간, 아니 여섯 시간 삼십 분을 어떻게 보냈는지도 말했다. 이 묘사를 그녀의 말 그대로 인용할 수 있어서 기쁘다. 카타리나가 모든 것을 글로 써서 재판 때 사용하도록 블로르나에게 맡겼기 때문이다.

"내가 기자들의 술집에 갔던 것은 그저 그를 한 번 보기 위해서였습니다. 그 인간이 어떻게 생겼고, 행동거지는 어떠하며, 말하고 마시고 춤추는 모습은 어떤지 알고 싶었습니다. 내 삶을 파괴한 바로 그 인간 말입니다. 그래요. 난 그 전에 콘라트의 집에서 권총을 가져왔어요. 내가 직접 장전까지 했어요. 예전에 숲에서 사격 연습을 했을 때 어떻게 장전하는지 자세히 보여 달라고 한 적이 있어요. 난 술집에서 한 시간 반에서 두 시간 정도를 기다렸습니다. 그런데 그는 오지 않았어요. 그가 불쾌하게 굴면 절대 인터뷰에 응하지 않기로 나는 마음먹었어요. 내가 예전에 그를 본 적이 있었다면, 그곳에 가지 않았을 겁니다. 그렇지만 그는 술집에 오지 않았어요. 나는 집적대며 귀찮게 구는 사람들을 피하려고 술집 주인에게 바에서 술 파는 일을 돕게 해 달라고 부탁했어요. 술집 주인은 크라플룬 페터라고 하는데, 내가 부업을 할 때 종종 서빙 종업원장으로 일해서 알고 있었어요. 물론 페터는《차이퉁》에 나에 관한 기사가 실린 것을 다 알고 있었어요. 그는 퇴트게스가 나타나면 나에게 신호를 보내겠다고 약속한 터였어요. 카니발 시즌이어서 몇 번 제안을 받아 춤을 추기도 했습니다. 그러나 퇴트게스가 나타나지 않아 신경이 곤두서기 시작했어요. 난 아무 준비도 없이 그를 만나고 싶지 않았거든요. 그때, 12시가 되어서 난 집으로 왔습니다. 여기저기 더덕더덕 얼룩지고 더러운 아파트에서 난 소름이 끼쳤어요. 초인종 소리가 날 때까지 그저 몇 분간 인내심을 가지고 기다려야 했어요. 권총의 안전장치를 풀고 손에 쉽게 잡히도록 핸드백에 넣어 두기에는 충분한 시간이었습니다. 그래요. 그러고 나서 초인종이 울렸고, 내가 문을 열었을 때 그는 이미 문 앞에 서 있었습니다. 난 그가 아파트 현관에서 벨을 눌렀으면 시간이 몇 분 더 있을 거라 생각했어요. 그러나 그는 이미 엘리베이터를 타고 올라와 내 앞에 서 있는 겁니다. 나는 깜짝 놀랐어요. 그때 난 즉각 알아보았어요. 그자가 얼마나 추잡한 놈인지. 정말 추잡한 놈이라는 걸요. 게다가 귀여운 구석까지 있더군요. 사람들이 귀엽다고 할 만한 모습이요. 자, 당신도 사진들을 본 적이 있지요. 그가 이렇게 말하더군요. '어이, 귀여운 블룸 양, 이제 우리 둘이 뭐 하지?'라고요. 난 한 마디도 하지 않고 거실로 물러나며 피했지요. 그는 나를 따라 들어와서는 말했어요. '왜 날 그렇게 넋 놓고 보는 거지? 나의 귀여운 블룸 양, 우리 일단 섹스나 한탕 하는 게 어떨까?' 그사이에 내 손은 핸드백에 가 있었고 그는 내 옷에 스칠 정도로 다가왔어요. 그래서 난 생각했어요. '어디 한탕 해 보시지, 이판사판이니까.'라고요. 그러고는 권총을 빼 들고 그 자리에서 그를 향해 쏘았습니다. 두 번, 세 번, 네 번. 정확히 몇 발인지는 모르겠습니다. 그건 경찰 보고서를 찾아보면 알 수 있을 겁니다. 그래요, 한 남자가 내 옷에 손댄 것이 내게 뭔가 새로운 사건이었다고 생각하실 필요는 없습니다. 당신도 아마 열네 살부터, 아니 훨씬 더 전부터 집안일을 해 보았다면, 그런 일은 이미 익숙할 겁니다. 그렇지만 이자는 '섹스나 한탕 하자'고 했고, 그래서 난 생각했던 겁니다. 좋다, 지금 총으로 탕탕 쏘아 주마. 당연히 그는 예상을 못 했겠지요. 그는 0.5초도 안 되는 짧은 순간 나를 뚫어져라 쳐다보았어요, 아니, 영화에서 어떤 이가 갑자기 청천 하늘에 날벼락 맞듯 살해될 때처럼 놀라운 표정으로 날 바라보더군요. 그러고 나서 그는 쓰러졌어요. 그때 그가 죽었다고 생각해요. 난 권총을 그 옆에 내던지고 밖으로 나와 엘리베이터를 타고 내려갔고 다시 술집으로 갔어요. 페터는 놀라는 듯했어요. 내가 거의 삼십 분 동안 자리를 비웠기 때문에요. 계속해서 나는 바에서 일을 거들었고 춤은 추지 않았습니다. 내내 나는 생각했습니다. '이 모든 게 사실이 아닐 거야.' 하고요. 그렇지만 난 잘 알고 있었어요. 그 모든 것이 사실이었다는 것을요. 페터가 이따금 내게 와서 말을 붙였어요. '오늘은 그자가 안 오나 본데, 네 동료 말이야.' '그런가 보네.' 난 그렇게 말했지요. 그리고 담담하게 일을 했습니다. 4시까지 난 증류주를 따르고, 맥주통의 꼭지를 틀어 잔을 채우고, 샴페인 병을 따고, 청어말이를 서빙했지요. 그러고 나서 페터에게 인사도 하지 않고 술집을 나왔어요. 우선 근처에 있는 교회로 갔습니다. 삼십 분쯤 앉아 있었을 겁니다. 어머니를 생각했고, 어머니가 살아왔던 그 고통스럽고 저주받은 삶을 생각했어요. 그리고 아버지도 생각했어요. 아버지는 항상, 언제나 불평 불만이 많았어요. 나라와 교회에 대해, 관청과 공무원들에 대해, 장교들과 모든 것에 대해 불평을 늘어놓았죠. 그러다가도 그들 중 누구와 해결할 일이 있으면, 그는 완전히 굽히고 들어가 비굴하게 징징댔어요. 내 남편 브레틀로도 생각했습니다. 그가 퇴트게스에게 했던 더러운 말에 대해서도 생각했어요. 물론 오빠도 생각했어요. 내가 돈이라도 몇 푼 벌면 영원히, 영원히 내 돈 뒤나 따라다니던 위인이지요. 고작 한심한 짓거리를 위해서, 옷이나 오토바이를 사려고, 아니면 오락실에 가려고 내게서 몇 푼을 뜯어내려고 했어요. 물론 신부님도 생각했습니다. 학교 다닐 때 그는 나를 늘 '우리 작은 빨갱이 카타리나'라고 불렀지요. 그런 표현이 무슨 의미인지 난 전혀 몰랐어요. 신부님이 나를 그렇게 부르면 반 친구들이 모두 웃었어요. 내 얼굴이 새빨개졌거든요. 그렇습니다. 그러고는 당연히 루트비히도 생각했어요. 그러고 나서 교회를 나와 바로 가장 가까운 영화관으로 갔다가 거기서 나와 다시 교회로 갔습니다. 카니발 중의 일요일이라 다소 조용한 평온을 찾을 수 있는 유일한 장소가 바로 교회였기 때문이에요. 물론 난 내 아파트에 죽어 있는 자도 생각했습니다. 후회도, 유감도 없었습니다. 그가 섹스나 한탕 하자고 해서, 나는 총으로 탕탕 쏴 주었습니다. 그렇지 않나요? 한때 생각했었어요. 혹 이자가 바로 밤에 전화를 걸어 나를 괴롭히고 가련한 엘제까지 귀찮게 하던 놈이 아닐까 하고요. 틀림없이 바로 그 목소리라고 생각했습니다. 그걸 캐내기 위해 난 그가 수다를 떨었으면 싶었지요. 그렇지만 그런 게 내게 무슨 소용이 있겠어요? 그러고 나서는 갑자기 진한 커피를 마시고 싶어서 베케링 카페로 갔습니다. 홀로 들어가지 않고 주방으로 갔어요. 그 카페 여주인 케테 베케링과는 가사 학교에 다니던 시절부터 알고 지낸 사이거든요. 케테는 할 일이 상당히 많았는데도 나에게 아주 친절하게 대해 주었습니다. 그녀는 할머니 방식대로 잘 간 커피에 물을 부어 내려 만드는, 그녀 특유의 커피를 한 잔 내게 따라 주었습니다. 그리고 《차이퉁》의 가십에 대해 말을 꺼냈습니다. 친절하긴 했지만 그래도 그녀는 최소한 조금은 그 기사를 믿는 눈치였습니다. 그 모든 것이 거짓말이라는 걸 사람들이 어떻게 알 수 있겠어요. 난 그녀에게 설명해 주려고 했지만, 그녀는 이해하지 못하고 그저 눈을 찡긋하면서 말했어요. '그러니까 넌 이자를 정말 사랑한다는 거네.'라고요. 그래서 난 '그렇다'고 말했지요. 나는 커피를 잘 마셨다고 인사를 하고 밖으로 나와 택시를 잡아타고 뫼딩의 집으로 갔어요. 그때 그는 나에게 아주 친절했습니다."

이야기

10년 후, 하인리히 뵐의 후기

이 이야기가 테러리스트 소설이라는 소문이 끈질기게 계속되고 있다.[1] 얼마 전에 어느 유명한 정보학 교수가 이 소문을

1) 하인리히 뵐은 이 작품이 '소설(Roman)'이 아닌 '이야기(Erzählung)'라고 책의 제목 밑에 첨가하고 있을 뿐만 아니라 이 후기에서도 특별히 강조하고 있다. 일반적으로 문예학 사전에서 '소설'을 '산문 형식으로 쓰인 긴 분량의 허구적인 이야기(Großform der fiktionalen Erzählung in Prosa)'로 정의하고 있듯이 이야기와 소설을 구분한다는 것은 사실 칼로 물 베기와 비슷하다. 그러나 이 작품을 심지어 '팸플릿', 즉 종교적, 정치적인 테마에 관한 의견을 피력하는 책자를 의미하는 팸플릿이라고 명명하면서 소설이 아님을 강변하는 뵐의 목소리에서 '이야기꾼과 소설가'의 차이를 밝혔던 발터 벤야민을 떠올리지 않을 수 없다. 벤야민은 근대가 시작되면서 이야기는 몰락의 징후를 보이고 소설이 대두되기 시작했다고 보며, 이 두 가지의 근본적 차이는 화자와 청자 사이의 경험을 주고받는 소통이 가능한가에 있다고 설명한다. 이야기는 화자가 자신의 삶의 경험을 내용으로 삼고, 청자 역시 그 이야기

계속 퍼뜨렸는데 그도 직접 정보를 구하는 것이 꺼림칙했던 모양이다. 여기서 '정보학자는 어떻게 정보를 구하는가?'라는 질문을 던질 수 있을 것이다. '풍문'으로, 즉 제2, 제3의 입을 거쳐, 아니, 심지어 여섯 사람의 입을 거쳐 전해진 소문으로 정보를 구하는가? 물론 난 이 이야기를 읽으리라는 지나친 기대를 어느 누구에게도 하지 않는다. 하지만 정보학을 가르치는 교수라는 지대한 책임을 지닌 동시대인이 어떤 대상에 대해 의견을 표명하려면, 그는 정보를 직접 구할 수 있어야 할 것이다. 이 이야기에 테러리스트라고는 남자든, 여자든 단 한 명도 나오지 않는다. 그렇긴 하지만 테러 혐의를 받는 자들은 나온다. 나는 정보학자도 용의자와 유죄가 확정된 자의 차이를 잘 알고 있을 거라고 생각한다. 10년만 돌이켜 생각해 볼 수 있는 사람이라면 어느 《차이퉁》이 숱한 비방과 혐의를 퍼뜨리던 그 시절을 회고할 수 있을 것이다. 그 《차이퉁》은 아직 살인자로 입증되지도 않은 많은 사람들을 살인자로 명명했다.

를 자신의 경험으로 가질 수 있게 한다. 그러나 산업과 인쇄술이 발달하면서 널리 보급된 소설은 더 이상 타인으로부터 조언을 구하지 못하는 고립된 작가가 골방에서 쓴 고독한 개인의 이야기로서, 타인과 그 경험을 나누지도 타인에게 조언을 해 주지도 못한다고 벤야민은 설명한다. 벤야민 식으로 생각해 본다면, 뵐이 이 작품을 두고 '소설'이 아닌 '이야기'라고 힘주어 말하는 까닭은, 아마도 그 내용이 담보하고 있는 현실성에 대한 강조에서 연유하는 것이 아닐까 한다. 뵐은 이 작품이 세상사와 무관하게 생산된 텍스트가 아니라는 점, 어떤 현실적인 사태에 대해 독자들과 경험을 나누면서 그 진실에 보다 가깝게 접근하고자 쓰인 것이라는 점에서, 소설이라는 장르를 거부하고 이야기로 수용되기를 바라고, 또 그런 의도에 적합한 작품 형식을 취하고 있다고 볼 수 있다.

바로 얼마 전에 우리의 현 가정부 장관은《차이퉁》과 아주 유사한 신문의 어느 기사를 공식적으로 정정해야만 했다. 정치인들은 신문 때문에 불쾌한 일을 겪었을 때에나 겨우 자신들이 어떤 신문과 얽히게 된 것인지를 인식하게 된다. 그렇지만 그들은 항상 신문사와 관련을 맺고 있다. 특정 신문들에 대해 언급한다는 것은 정말 시간 낭비다.

이 이야기에 대해 한마디 하는 것 역시 낭비일까? 하지만 나는 기꺼이 그러고자 한다. 10년은 정말 긴 시간이다. 완전히 잘못 알고 있는 정보학자들이 가끔씩 상기시키지만 않았어도, 나는 아마 이야기의 옷을 입은 이 팸플릿을 완전히 잊었을 것이다. 이것은 하나의 팸플릿이자 논쟁의 글로, 그 자체로 생각했고 계획했으며 그대로 실행에 옮긴 것이다. 언젠가 한때 휴머니즘의 교양을 갖춘 적이 있었던 서양 사회는 이러한 팸플릿이 서양 최고의 전통에 속한다는 것 정도는 알고 있어야 할 텐데. 나도 물론 한 사람의 서양인이고, 심지어 간접적으로 어느 정도 휴머니즘의 교양도 갖추고 있다. 때때로 '우익'뿐만 아니라, 스스로 '좌익'이라고 생각하는 사람들까지 비난에 가득 찬 어조로 내가 바로 이 테러리스트 소설(이는 결코 사실이 아니다. 소설도 아니고 테러리스트도 등장하지 않는다.)을 썼다는 것을 상기시켜 주지만 않았다면 아마도 나는 내가 이야기의 옷을 입혀《차이퉁》에 대항토록 한 이 팸플릿을 잊었을지도 모른다. '우파'도 '좌파'와 마찬가지로 분노한다. 왜냐하면 이 소설은 우리 정부가 반쯤 좌경화된(아니면 사이비 좌경이라고 해야 할까?) 시절을 '이야기하고 있기' 때문이다. 나 스스로 비판해야 할 점은 딱 한 가지, 이 책이 너무나 무해하다는 것이다. 이 책은 그저 싸구려 책자처럼 '핵심 줄거리'(영어로 더 간단히 표현하면, '플롯')를 지닌 연애 이야기가 아니다. 한 '소박한' 소녀가 (아, 내가 정말 '소박한' 사람을 알고 있었으면 좋겠지만, 아직 난 그런 사람을 보지 못했다!), 즉 썩 괜찮은 한 가정부가 한 남자를 사랑하게 되는데, 나중에 그가 경찰의 수배를 받고 있다는 사실이 밝혀진다. 그녀의 성격상 그의 수배 사실을 먼저 알았다고 해도 그녀는 그를 사랑했을 것이다. 그런 일이 있다. 사랑은 정말 기막힐 정도로 기이한 일이다. 범죄자를 사랑하는 여인들이 있다. 범죄자이기 때문이 아니라 범죄자임에도 불구하고 사랑하는 것이다. 빌어먹을 사실들, 《차이퉁》의 사실들 말이다. 《차이퉁》은 그들 자신들의 범죄 행위만 좋아하고, 맘에 들지 않거나 분명하지 않은 사실은 모조리 조작한다. 심지어 조작되지 않은 사실조차 그 신문에서는 거짓말로 보이게 되어 완전히 거짓으로 흡수된다. 간단히 말해, 그 신문은 진실을 '진실에 맞게' 재연해도 진실을 더럽힌다. 그들이 **다시 장미꽃이 핀다**고 쓰면, 설사 꽃이 피고 있는 장미 밭 앞에서 있다고 해도 난 의심하게 될 것이다. "한 번 거짓말한 사람은 설사 진실을 말해도 신뢰받지 못한다."라는 속담을 이 경우에는 "수천 번 거짓말한 사람이 설사 한 번 진실을 말한다고 해도 나는 그를 신뢰하지 못한다."라고 바꾸어야 할 것이다. 실제로, 활짝 핀 장미의 경우, 그 꽃을 거짓말을 하는 데 알리바이로 이용해야 하는 사람에게는 정말 아름다운 이 꽃이 괴로움을 줄 수도 있을 것이다.

아직 사랑의 경험이 풍부하지 않은 카타리나 블룸은 부지런하고 능력 있고 극히 비정치적인 사람이며, 경제적으로 보면 독자적인 힘과 계획으로 한창 번창하고 있는 사람이다. 그렇다. 그녀는 경제적인 기적을 구체적으로 보여 주는 인물이다. 자동차도 소유하고 있고 자기 소유의 아파트도 있으며 통장도 몇 개나 가지고 있다. 루트비히 괴텐이 그녀의 눈에 띄고, 그녀는 그를 아주 마음에 들어한다. 누군가에게 시선을 던지는 여인들이 항상 핸드백에 몽타주 전단을 가지고 다니지는 않으며, 더군다나 형법서나 시민법 책자는 더더욱 가지고 다니지 않는다. 이 사건이 심각해진 까닭은, 그녀의 사랑이 응답을 받았기 때문이다! '그 둘이 서로 사랑할 때' 그 불꽃이 얼마나 높이 치솟았는지 누구나 잘 알고 있다. 실제 범죄자인 괴텐은 (그는 횡령범이자 탈영범이다.) 정말로 '사랑의 능력도' 갖추고 있다! 갈등이 (이야기의 흐름을 보라!) 불가피해진다. 게다가 이 '소박한 소녀'가 (어디에 이런 소녀가 있는가, 어디에?) 두 가지 빌어먹을 특성, 바로 모든 전설과 동화에서 높이 칭송되던 특성, 성실과 긍지를 가지고 있기 때문에 더욱 그렇다. 상황은 갈등으로 가득 차 있기만 한 것이 아니라, 격정적으로 폭발하게 된다. 주위에는 다이너마이트가 놓여 있고, 《차이퉁》은 늘 거짓말을 해 대는 파괴적인 초강력 주둥이로 경찰에게 정보를 전달해 주거나 경찰에서 정보를 입수하면서, (그런 정보 교환 시, 우스울 정도로 사소한 것이 혐의점이 되곤 한다.) 헤드라인, 혐의, 비방, 비열함을 마구 내휘두른다. 거기서는 어떠한 장미도 꽃을 피우지 못하며, 그사이 이 '소박한 소녀'는 자신의 사랑하는 사람이 도망가도록 도와줌으로써 정말로 벌 받을 만한 행동을 했고, 명예와 품위를 잃는다. 그녀는 사랑하는 사람이 도망가도록 도와주었을 뿐만 아니라, 그에게 은신할 곳의 열쇠까지 주었다. 그 열쇠는 그녀의 뒤를 헛되이 쫓아다녔고 한술 더 떠 치명적일 정도로 비싼 반지를 그녀에게 선물했던 어떤 놈이 (이 겁쟁이가 헛되이!) 그녀와의 랑데부를 희망하면서 그녀에게 슬쩍 찔러주었던 것이다. 어떻게 그녀가 그 열쇠를 떠올리게 되었는지, 그것은 범죄 중에서 아주 작은 범죄에 불과하다. 카타리나는 (여기에서 다시 싸구려 삼류 소설이 된다!) '사랑 때문에, 벌을 받을 만한' 행동을 하게 된다. 그런 일이 있다. 이것은 범죄 소설의 아주 낡은 모티프 중 하나다. 이제 《차이퉁》은 무엇 앞에서도 두려워 물러나지 않고, 그녀가 어머니의 죽음을 이 《차이퉁》의 탓으로 보지 않을 수 없게 되었는데, 그 기자는 그녀가 왜 자신에게 그렇게 화가 나 있는지 전혀 이해하지 못한다. 그녀는 폭발하고 만다. 아무튼 그는 그녀를 유명하게 만들고, 이제 그녀의 이야기에서 '정말 값진 것을 뽑아낼' 수 있을 것이다. 다시 말해 그녀를 완전히 지쳐 떨어지게 만든 후, 그녀의 '진짜' 이야기를 공개할 수 있을 것이다. 물론 그 진짜 이야기라는 것은 《차이퉁》에 실리는 모든 '진실한 것'과 마찬가지로 거짓말 덩어리일 것이다. 《차이퉁》에 헤드라인과 센세이션을 제공하고 다른 신문에까지 '진짜' 이야기를 제공하려 함으로써 그저 자신의 의무를 다했을 뿐인, 신문기자의 이런 끔찍한 '무지', 그렇다, 거의 아무것도 알지도 생각하지도 못하는 그의 무지함이 카타리나로 하여금 권총을 뽑아 들게 하는 데 결정적인 역할을 했을 수 있다. 그녀는 이 《차이퉁》이 비열하다는 것도 잘 알고 있었다. 이런 '무지한' 비열함이 그녀를 완전히 파멸시킨 것이 틀림없다. '소박한' 한 소녀가 절망하고, 절망의 행위, 즉 살해를 범하게 된 것이다. 이런 살해를 싸구려 소설에서는 '피비린내 나는 행위'라고 부를 것이다. 과연 그녀에게 그 기자를 죽일 의도가 있었을까? 아무튼 그녀는 권총을 준비했고 이에 대해서는 형법서가 동원될 것이다. 살인으로 끝맺는 갈등만 있는 것은 아니다. 한 인간에게 너무나 많은 것을 부당하게 요구한 나머지 가차 없이 살인이라는 종말로 치닫게 되는 갈등이 있을 뿐이다. 뿐만 아니라 이런 종말은 서양에서도 익히 잘 알려져 있으니, 정보학자들도 물론 잘 알고 있을 것이다.

중요한 것은, 이 이야기에는 '카타리나 블룸의 잃어버린 명예'라는 제목뿐만 아니라, '폭력은 어떻게 발생하고 어떤 결과를 가져올 수 있는가'라는 부제도 있다는 것이다. 헤드라인의 폭력에 대해서는 거의 알려지지 않았고, 그것이 어떤 결과를 가져오는지에 대해서 우리는 그저 조금밖에 알지 못한다. 신문들이 정말 금수 같은 그들의 '무지함'으로 무엇을 야기할 수 있는지 한 번쯤 연구해 보는 것은 범죄학의 과제일 것이다. 그러나 이 이야기에는 제목과 부제뿐만 아니라 모토도 있다. 즉 "이 이야기에 나오는 인물이나 사건은 자유로이 꾸며 낸 것이다. 저널리즘의 실제 묘사 중에 《빌트》지와의 유사점이 있다고 해도, 그것은 의도한 바도 우연의 산물도 아닌, 그저 불가피한 일일 뿐이다." 제목, 부제, 모토라는, 얼핏 보기에는 사소한 것 같은 이 세 가지가 이 이야기의 중요한 구성 요소다. 이것들은 이야기를 위한 전제 조건이다. 이것들이 없다면 이 이야기의 팸플릿 같은 경향(이것은 사실 경향소설이다!)이 이해되지 않는다. 이 이야기를 읽거나 분석하려는 사람은 일단 제시된 이 세 가지 요소를 생각해야 할 것이다. 이것들이 이미 해석이나 다를 바 없다.

최근 함부르크에 있는 어느 학교 학생들이 그들의 여선생님을 통해 내게 물어 왔다. 카타리나와 루트비히가 '실재 인물이라면' 1982년에 감옥에서 나왔을 텐데, 그러면 "그 후에는 어떻게 되었느냐"는 것이었다. 내가 아직 한 번도 생각해 보지 못한 좋은 질문이다. 자, 이 둘은 결코 테러리스트가 아니었기에 어쩌면 지금 그렇게까지 되지는 않았을지도 모른다. 카타리나는 루트비히보다 더 오래 감옥살이를 해야 할지도 모르겠다. 그녀는 어쩌면 처음에는 주방에서 일했을 것이고 나중에는 감옥의 살림 계획과 관련된 일을 했을 것이며, 루트비히에게 전권을 위임해, 블로르나 변호사와 함께 그녀의 자산을 현금화해서 그들이 함께 운영할 수 있는 작은 호텔을 물색하도록 했을 것이다. 루트비히와 몇몇 친구들에게 그녀는 고백할 것이다. 자신은 결코 퇴트게스를 살해할 의도가 없었으나, 그가 (아주 끔찍스러운 무지함으로) 이득을 취할 생각으로 그리고 성적 의도를 가지고 그녀에게 다가왔을 때, 그때 갑자기 그를 죽이고 싶은 마음이 '그녀를 엄습했다'고. 그녀에게 그는 완전히 낯설게 느껴졌고, 그녀 자신도 그랬다. 물론 그녀는 자신이 살인범임을 잘 알고 있다. 그것이 그녀가 아이를 갖고 싶지 않은 이유다. 그녀는 자신의 아이들에게 엄마가 살인자라는 말을 하고 싶지도, 그런 말을 듣게 하고 싶지도 않다. 나는 그녀에게 이름을 바꾸고 머리 색을 바꾸라고, 검은 머리면 금발로, 금발이면 검은 머리로 염색하라고 충고할 것이다. 나이가 들수록 그녀는 더욱더 자기 자신과 대면하기 힘들어질 것이다. 살인을 저지르기는 했지만 그녀는 극도로 양심적인 여자다. 그런 경우가 있다. 나는 루트비히가 그녀에게 좋은 반려자이기를 바란다.

그 밖에 당연히 이 책이 '의미하고' 있다고 볼 수 있는 언론사는 화를 냈을—이해가 가기도 한다!—뿐만 아니라 때때로 정말 유치하기 짝이 없는 반응을 보이기도 했다. 매주 발표하는 베스트셀러 목록을 없앤 것이다. 이 책을 언급해야 했기 때문에 그랬을 것이다. 아무리 막강한 절대 권력도 그들만큼 항상 권력을 마구 휘두르지는 않는다. 절대적인 권력을 가진 교황이 직접 소송을 걸고자 자신의 위신을 떨어뜨릴 수는 없는 노릇이었다. 그는 자신의 보좌관, 즉 추기경들을 앞세웠다. 교황의 미사 때에도 이따금 추기경들이 그를 보좌한다. 나는 고해를 하긴 했지만, 후회하지는 않는다.

추신. 그사이 《빌트》지는 거의 정부 기관지나 다름없어졌다. 중요한 정치 현안에 대한 정부의 공지 사항들이 일요일이나 월요일에 발행되는 《빌트》의 자매지 중 하나에 발표된다.

작품 해설

휴먼 미학, 언어의 신뢰성 회복

1

1972년 노벨 문학상을 수상한 하인리히 뵐의 문학은 경제적 윤리적으로 폐허나 다름없던 전후 독일의 상황에서 출발한다. 패전 독일의 상황, 즉 "영점(Nullpunkt)"에서 뵐은 '전쟁, 귀향병, 고향, 폐허, 가난, 보통 사람들, 이웃'을 그 자신만의 따뜻하고 '촉촉한' 눈길로 관찰하고 보통 사람들의 상흔 밑에 웅어리져 있는 깊은 슬픔을 묘사한다. 전후의 폐허 더미 위에서 일어선 그의 문학 세계는 제3제국의 파시즘, 인종차별주의와 유태인 학살로 만신창이가 된 인간 존엄성과 인간들 사이의 신뢰 회복을 시급한 과제로 삼을 수밖에 없었다. 뵐의 작품들은 항상 '현실 세계' 내지는 '동시대의 사회적 문화적 콘텍스트'라는 그물망에 얽혀 있었다. 현실의 모순이나 문제점들을 적나라하게 들추어내는 데 교회라고 예외일 수 없었고,

얼핏 보면 패전 독일 경제의 회생이랄 수 있는 '라인강의 기적'의 불균형적 발전에 대해서도 눈감고 있을 수만은 없었다. "전후 서독 사회의 변화 과정을 보여 주는 하나의 다큐멘터리"라고 불릴 만큼 뵐의 작품들은 언제나 작가 자신의 시대 체험, 동시대인의 문제, 동시대적 현실 인식을 다루고 있었다.

뵐의 작품 세계가 현실이라는 그물망 속에 엮여 있을 수밖에 없었던 까닭을 짐작게 하는 구절을 1964년 대학 강연 내용을 엮은 『프랑크푸르트 강의(Frankfurter Vorlesung)』에서 찾아볼 수 있다. 뵐의 작가로서의 자기 이해에서 바로 그가 지향하는 문학의 단초를 읽어 낼 수 있다.

> 나는 비록 종이 한 묶음, 뾰족이 깎은 연필 한 통, 타자기 하나를 가지고 혼자서 글을 쓰고 있지만, 나 자신이 혼자라고 느낀 적은 없고 항상 뭔가에 연결되어 있다고 느꼈다. 시간과 동시대성에 연결되고, 한 세대에 의해 체험되고 경험된 것에 연결되어 있음을 느낀다.

작가가 홀로 앉아 글을 쓰고 있으나 작가로서의 자신과 자신의 글은 사회적 문화적 생성 콘텍스트와 분리해 생각할 수 없다는 것이다. 또한 뵐은 자기 작품들의 뿌리를 "1945년까지 거슬러 올라가서" 찾을 수 있다고 보았다. 비평가 마르셀 라이히라니츠키가 평한 바 있듯이, 뵐은 전통적이고 고답적인 독일 작가 이미지에는 부합되지 않는 작가로 '독일의 죄의식'을 작품화했다. 그는 "사람이 살 만한 나라에서 사람이 살 만한 언어를 찾는 일"이 전후 독일 문학의 중요한 과제라고 보았다. 전후 세계적인 재난을 경험하고 고향을 상실한 보통 사람들이 살 만한 공간에서 서로 의사소통을 하면서 신뢰할 수 있는 이웃을 발견할 수 있도록 언어를 회복하는 작업, 즉 '언어 찾기'가 동시대 문학의 중요한 과제라고 보았던 것이다. 그래서 그는 이웃, 고향, 가족, 사랑, 종교 그리고 따뜻한 식사와 같은 인간의 기본적인 일상과 삶을 다루고, 사회에서 소외 혹은 '탈락'된 자들의 순수한 인간적 가치를 보여 줌으로써 "휴먼 미학(Ästhetik des Humanen)"을 구현하고 있다.

2

여기에 번역 소개된 뵐의 『카타리나 블룸의 잃어버린 명예』(1974)는 이례적으로 주간지 《슈피겔》에 1974년 7, 8월 4회에 걸쳐 연재되었다가 이후에 쾰른의 키펜호이어 운트 비치 출판사에서 책으로 출간되었다. 이듬해인 1975년에는 폴커 슐렌도르프(Volker Schlendorf)와 마르가레타 폰 트로타(Margaretha von Trotta)가 각색하고 뮌헨의 비오스코프 영화사, 파라마운트 오리온 영화사 그리고 서독 방송국이 합작해 제작한 영화로 개봉되었다. 이 작품은 출판되자마자 세간의 주목을 받아 베스트셀러가 되었을 뿐만 아니라 학생들의 교재로도 자주 선정되었고, 노벨 문학상 수상 작가의 작품들 중 읽어서 내용을 잘 알고 있는 작품이 무엇인가라는 설문에 가장 많이 언급되었다고도 한다.

이 작품이 독자들의 주목을 끈 까닭은, 역시 동시대 현실의 담론과 밀접하게 얽혀 있는 뵐의 문학 세계의 특성과 관련이 있을 것이다. 패전 독일이 민주 복지 국가로 변모하던 1970년대에도 뵐의 작가적 관심은 여전히 사회에서 소외되거나 굴욕이나 모욕을 당한 사람들에게 향해 있었고 사회의 억압과 인권 침해에 대해 깨어 있는 양심의 소리를 내기를 마다하지 않았다. 1970년대 독일 사회 전체를 뜨겁게 달구었던 테러리즘에 대한 논쟁과 언론의 폭력에 대해서도 뵐은 함구하지 않았다.

이 작품이 생성되는 데 중요한 사건은, 68학생운동의 여파라고 할 수 있는 테러리즘 논쟁이다. 악셀 슈프링거 계열사에 속하는 극우 언론사와 뵐은 이미 68학생운동 시기부터 반목하는 사이였다. 1966년 사민당(SPD)과 기민당(CDU)이 대연정을 하고, 나치 당원이었던 쿠르트 키징거(Kurt Georg Kiesinger)가 다시 독일 연방 수상이 되고 빌리 브란트(Willy Brant)가 부수상 겸 외무부 장관직을 맡으면서 이들이 비상계엄법을 관철시키기 위한 헌법 개정에 공조하자, 뵐은 "정치적 난혼"이라고 야유하면서 "기민당은 기독교 정신을, 사민당은 사회주의를 파괴했다."라고 비판했다. 또한 원외 야당 세력이나 비상계엄법에 반대하는 대규모 시위대에 합류하는 등 서독 정부에 대해 비판적인 입장을 취했다. 1967년 6월 2일, 시위에 참여했던 벤노 오네조르크(Benno Ohnesorg)가 경찰의 총에 맞고 사망하자, 루디 두치케(Rudi Dutschke)의 지휘 하에 이루어지던 학생운동은 한층 더 가열되었다. 이때 슈프링거 계열의 언론들은 개혁을 요구하는 학생들의 목소리에 반대했을 뿐만 아니라 학생들을 폭도로 몰고 그들의 과격 행위를 비난하는 여론을 조성했다.

이 시기 주요 쟁점은 시위 수단으로 폭력을 사용해도 되는가, 올바른 사회 질서를 수립한다는 미명하에 기존의 사물, 심지어 사람들에게까지 폭력을 행사해도 되는가 하는 문제였다. 급진적인 '도시 게릴라 그룹'은 목표 달성을 위해서라면 폭력 행사도 가능하다는 입장을 강력히 주장했다. 이 그룹은 나중에 68학생운동의 변모 과정에서도 과격파로 남아 '적군파(Rote Armee Fraktion, RAF)'라 불리는 테러 조직이 되었다. 주동자였던 여기자 울리케 마인호프(Ulrike Meinhof)와 그녀의 동료 안드레아스 바더(Andreas Baader)의 이름에서 딴 바더 마인호프 그룹(Baader-Meinhof-Gruppe)으로 더 많이 알려진 조직이다. 이 그룹은 1968년 4월 자신들의 폭력적인 전술을 시험해 보기 위해 프랑크푸르트에 있는 어느 백화점을 방화하였다. 당시 슈프링거 계열사의 신문을 보지 말자는 캠페인이 어느 정도 고조되어 있었음에도 불구하고, 이 사건을 계기로 시민들 사이에서는 학생들의 모든 시위에 대한 적대감이 확산되기 시작했다. 이후 그들은 1970년대 초 과격한 테러 행위로 사회적 물의를 일으켰고 국민들을 불안에 떨게 했다. 정치가, 은행가, 기업가 들이 살해당하거나 납치되는 사건들도 일어났다.

이러한 분위기 속에서 슈프링거 계열사 언론과 뵐의 관계가 새로운 대립의 국면으로 치닫게 되는 계기가 있었다. 1971년

12월 23일 카이저스라우텐이라는 소도시에서 은행 강도 사건이 일어나 시민 한 명이 총에 맞아 사망하였다. 통속적이고 선정적인 슈프링거 계열 일간지 《빌트》는 어떠한 확인 절차나 증거도 없이 이 사건을 바더 마인호프 그룹의 소행으로 단정하고 "바더 마인호프 그룹, 살인 행각을 계속하다"라는 표제의 기사를 썼다. 이에 대해 뵐은 1972년 1월 10일자 《슈피겔》에 「울리케는 사면 혹은 자유 통행권을 원하는가」라는 글을 발표하여 《빌트》의 보도 방식을 비판했다. 《빌트》만 읽는 수백만의 독자들은 이 일간지의 그릇된 보도 방식 때문에 결국 오도된 정보만을 제공받게 된다는 것이었다. 뵐의 이러한 견해에 대해 한동안 찬반 논쟁이 뜨겁게 달아올랐고, 《슈피겔》에 실린 뵐의 글을 울리케 마인호프에 대한 옹호의 글로 이해한 사람들 사이에서는 뵐에 대한 엄청난 분노와 저항의 물결이 일었다. 그들은 뵐을 "RAF 범행의 지지자이자 그들의 친구" 혹은 "무정부주의적 갱들의 변호사"라고 칭하기도 했다. '하인리히 뵐'이라는 이름은 한동안 좌파적 개혁을 반대하는 보수 시민들의 욕설의 표적이 되었다. 국제펜클럽 의장으로 소련의 반체제 작가들을 위해서는 아무 일도 하지 않으면서 자국의 테러리스트들을 비호한다는 비난도 있었다. 심지어 익명의 편지나 전화로 욕설과 협박까지 쏟아져 뵐과 그의 부인은 몇 주 동안이나 집 밖을 나가지 못하기도 했다. 1972년 11월 뵐이 노벨 문학상을 수상한 뒤에도 슈프링거 계열사 저널리스트들의 공격은 수그러들지 않았지만, 그래도 노벨상 수상으로 그의 명성이 대내외적으로 더 높아져 그가 자신의 입장을 공개적으로 표방하기가 유리해졌다.

뵐의 『카타리나 블룸의 잃어버린 명예』는 이러한 사회적 콘텍스트에서 생성되었다. 뵐의 이 작품이 민음사 세계문학전집의 한 권으로 재번역되는 지금, 독일에서는 RAF 논쟁이 다시 벌어지고 있다. 과거에 적군파의 수많은 테러 살해 행각에 가담하여 종신형을 받았던 여성 테러리스트 브리기테 몬하우프트(Brigitte Mohnhaupt)가 2007년 4월에 집행유예로 석방되었다. 이를 계기로 그녀의 석방에 대한 논란과 아직도 구속 수감 중인 다른 테러리스트들의 석방 문제 및 여전히 명확하게 밝혀지지 않은 1970년대 정치가, 은행가, 연방검찰청장 등의 살해 사건에 대한 재고 등이 거론되면서 적군파에 대한 논쟁이 다시 고개를 들었다. 약 30년의 세월이 흘러 그동안 독일에서는 좌우의 깊은 골이 어느 정도 메워졌다고 여겨졌으나, 30년 전의 테러리즘에 대해 다시금 논쟁이 벌어지고 있으니, 뵐이 오늘날의 논쟁을 보았다면 어떠한 반응을 보였을까?

3

뵐은 『카타리나 블룸의 잃어버린 명예』를 통해 '눈에 보이지 않는 또 다른 폭력', 즉 언론의 폭력을 이야기하고 있다. 가정 관리사로 성실하게 일하면서 근검절약으로 아파트까지 소유하고 있는 스물일곱 살의 이혼녀 카타리나 블룸의 개인적인 명예가 언론의 폭력에 의해 처참히 짓밟히고, 그 결과 그녀가 기자를 살해하게 되었다는 이야기다. 살해라는 '눈에 보이는 명백한 폭력'을 초래하는 '눈에 보이지 않는 또 다른 폭력'을 다루는 것이다. '폭력은 어떻게 발생하고 어떤 결과를 가져올 수 있는가'라는 이 작품의 부제는 이미 주제를 시사하고 있다. 뿐만 아니라 이야기를 시작하기 전 작품의 모토를 설명하듯, 뵐은 다음과 같이 말하고 있다.

> 이 이야기에 나오는 인물들이나 사건은 자유로이 꾸며 낸 것이다. 저널리즘의 실태 묘사 중에 《빌트》지와의 유사점이 있다고 해도 그것은 의도한 바도 우연의 산물도 아닌, 그저 불가피한 일일 뿐이다.

이렇게 뵐은 이 이야기가 허구임을 밝히고, 실제 《빌트》를 염두에 두고 글을 쓴 것이 아니라고 말하고 있지만, 이는 역설적으로 《빌트》와의 유사성을 강조한 셈이 되었다. 혹시 《빌트》 측으로부터 제기될 수 있는 명예훼손 고소 같은 법률적인 경우를 대비한 발언이기도 하겠지만, 그만큼 이 소설이 사회적 콘텍스트와 밀접한 연관을 갖고 있음을 다시금 방증하는 대목이다. 《빌트》에 대한 '복수'로 이 이야기를 썼다는 까칠한 비평도 없지 않았다.

이 작품의 모델은, 1972년 1월 바더 마인호프 일원들에게 숙식을 제공했다는 이유로 언론의 비난을 받은 것은 물론, 해직까지 되었다가 나중에 무혐의로 복직되었으나 상당한 명예 실추를 경험했던 하노버 공대 심리학 교수 페터 브뤼크너

(Peter Brückner)로, 뵐은 이 모델을 지식인이 아닌 가정 관리사라는 평범한 보통 사람 카타리나 블룸의 체험으로 허구화했다. 이 사건에 대한 지식인의 반응은 블룸이 가사를 돌봐 주는 블로르나 박사 부부를 통해 볼 수 있다. 뵐은 주인공 블룸을 통해 언론의 폭력이라는 사건의 본질을 보다 이해하기 쉽고 설득력 있게 보여 줄 수 있는 감정적인 토대를 제공하고 있다. 블룸은 카니발 시즌에 한 댄스파티에서 괴텐이라는 강도 용의자를 만나 첫눈에 사랑하게 되면서 언론과 경찰의 그물망에 걸린다. 그녀는 경찰의 조사를 받는 중에 언론에 노출되고, 여기서부터 한 개인의 명예를 무참하게 짓밟는 언론의 보도 방식이 문제가 된다. 카타리나는 이를 계기로 가치관의 혼란을 겪고 절망하면서 잃어버린 명예를 보상받고자 기자를 살해하고 자수한다. 언론에 의해 한 개인의 명예가 생매장되고 결국 그것이 언론사 기자의 피살로 이어지는 폭력의 악순환을 보여 준 것이다.

소설은 시간 구조상 1974년 2월 20일 수요일부터 24일 일요일까지 닷새 간의 사건을 이야기하고 있지만, 화자가 조사한 자료와 여러 증인의 진술들을 토대로 살인 사건을 재구성하는 보고 형식이라 중간중간 사건 이전의 이야기나 화자의 목소리가 끼어들기도 한다. 소설의 시작 부분에서 이미 사건의 결말인 카타리나 블룸의 기자 살인 사건이 드러난다. 왜 카타리나 블룸이 기자를 살해할 수밖에 없었는가 하는 질문과 더불어 그 이유를 추적하는 과정에서 독자는 언론의 횡포와 폭력을 함께 경험하게 된다. 아울러 가능한 한 진실을 이야기하고자 노력하는 화자의 메타내러티브적 서술 방식 및 경찰서의 심문 과정 중에 블룸이 보여 준 언어에 대한 민감성과 진실한 언어 표현을 찾으려는 자세가 진실을 조작하는《차이퉁》의 언어 사용과 극명한 대비를 이루고 있다. 이 작품은 내용적으로나 형식적으로 인간과 인간, 개인과 사회의 신뢰 회복을 위한 결정적 전제로 언어의 신뢰성 회복을 다루고 있다. 사람이 살 만한 나라에서 신뢰할 만한 언어 찾기와 다름 아니다.

4

마지막으로, 하인리히 뵐의『카타리나 블룸의 잃어버린 명예』를 기획해 주신 민음사와 2006년 2학기 '노벨 문학상 수상 작가 연구'라는 세미나에서 이 작품을 함께 꼼꼼히 읽고 분석, 토론해 준 이화여자대학교 독문과 학생들에게 감사의 마음을 전한다.

2008년 봄

김연수

작가 연보

1917년	12월 21일 목공 부문 장인이자 목공예가인 빅토르 뵐(Viktor Böll)과 아내 마리아(Maria)의 여덟째 아이로 쾰른에서 태어났다.
1924~28년	쾰른-라더탈에서 초등학교를 다녔다.
1928년	쾰른의 카이저 빌헬름 인문계 고등학교에 입학했다.
1929~32년	경제 대공황의 여파로, 빅토르 뵐이 보증을 선 수공업자 은행의 파산으로 전당포를 드나들거나 차압이 들어오는 일이 빈번했다.
1933~36년	1933년 1월 30일 히틀러가 정권을 장악했다. 뵐의 가족들은 종종 정치에 관해 이야기를 나누었고, 어머니는 히틀러의 집권은 곧 전쟁을 의미한다고 말하기도 했다. 이 시기 가톨릭 청년 그룹이 뵐의 집

에서 자주 모였다. 1936년부터 글을 쓰기 시작했다.

1937년 고등학교 졸업시험 아비투어를 치르고 본에 있는 서점에서 견습생이 되지만 얼마 지나지 않아 중단했다.

1938년 나치의 노동 복무에 징집됨. 여름 학기에 쾰른 대학교에 등록했다.

1939~45년 1939년 가을에 징집되어 제2차 세계대전에 참전했다. 이 시기 거의 매일 가족과 약혼녀 안네마리 체히(Annemarie Chech)에게 편지를 썼다. 1942년 결혼. 전쟁 기간 내내 가능한 한 병가나 휴가증 조작 등으로 군 복무를 피하려고 애썼다. 1944년 공습 후 심장마비로 어머니가 사망했다.

1945년 미군 포로에서 석방되었다. 첫 아들 크리스토프(Christoph)가 태어나지만 곧 사망, 쾰른으로 귀향했다.

1946년 전후 빈곤한 생활로 생필품 카드를 받기 위해 쾰른 대학교에 재등록했다. 형 알로이스(Alois)의 목공소에서 조수로 일했다. 부인 안네마리가 실업학교 교사가 되어 생활에 안정을 찾았다.

1947년 3월에 첫 작품을 여러 신문사와 잡지사에 투고. 아들 라이문트(Raimund)가 태어났다.

1948년 아들 레네(Reneé)가 태어났다. 프리드리히 미델하우베 출판사와 교류하기 시작했다.

1949년 첫 작품 『기차는 정확했다(Der Zug war pünktlich)』

출판. 그러나 인세 수입만으로는 생활이 어려워 방송국이나 출판사에 고정된 일자리를 얻으려고 애썼다.

1950년 아들 빈센트(Vincent)가 태어났다. 짧은 이야기 모음집 『방랑자여, 그대 스파르타로 가거든……(Wanderer, kommst du nach Spa……)』을 프리드리히 미델하우베 출판사에서 펴냈다.

1951년 한스 베르너 리히터가 이끄는 47그룹의 모임에 처음으로 초대받아 풍자적인 이야기 『검은 양들(Die schwarzen Schafe)』로 '47그룹 문학상' 수상. 여름부터 자유 문필가의 길을 걷기 시작했다. 프리드리히 미델하우베에서의 마지막 작품으로 소설 『아담, 너는 어디에 있었느냐?(Wo warst du, Adam?)』를 출간했다.

1952년 출판사를 쾰른의 키펜호이어 운트 비치로 바꾸었다. 이 시기부터 주로 서독 사회의 현안을 다루는 작품을 집필했다.

1953년 소설 『그리고 아무 말도 하지 않았다(Und sagte kein einziges Wort)』가 키펜호이어 운트 비치에서 출판되었다. 처음으로 경제적으로도 성공. '언어와 시를 위한 독일아카데미' 회원이 되었다.

1954년 소설 『지키는 이 없는 집(Haus ohne Hüter)』 출판. 쾰른 뮝거스도르프에 집을 사서 이주했다. 첫 아일랜드 여행. 1957년까지 수차례에 걸쳐, 몇 주에서

최대 두 달까지 아일랜드에 체류하면서 집필했다.

1955년 소설 『지키는 이 없는 집』으로 프랑스출판가협회가 주는 '최고의 외국소설상'을 수상했다. 이야기 『젊은 날의 빵(Das Brot der frühen Jahre)』 출판. 서독펜클럽 회원이 되었다.

1956년 헝가리 봉기에 대한 소련의 무력 진압 및 영국과 프랑스의 이집트 공격에 반대하는 105인 성명서를 발표했다.(105인 중에는 알베르 카뮈, 파블로 피카소, 장 폴 사르트르도 있었다.)

1957년 1954년부터 발표했던 글들을 묶어 『아일랜드 일기(Irisches Tagebuch)』를 출판했다.

1958년 처음으로 노벨 문학상 수상 후보로 지명되었다. 『무르케 박사의 누적된 침묵과 기타 풍자적인 이야기들(Dr. Murkes gesammeltes Schweigen und andere Satire)』을 출간했다.

1959년 소설 『9시 반의 당구(Billard um halb zehn)』 출판. 쾰른 시립도서관의 독일 유대인에 관한 역시 부서 '게르마니아 유다이카(Germania Judaica)' 설립에 동참했다.

1960년 기독교 사상을 바탕으로 기존의 사회 정치 시스템의 대안을 찾고자 하는 잡지 《미로》의 공동 편집인으로 활동했다. 부친 사망.

1961년 독일 아카데미 명예작가로 가족과 함께 로마의 빌라 마시모에 체류했다. 베를린 장벽 이후 '민족의 양심' 작가로 적극 활동했다. 모음집 『이야기, 방송극, 에세이(Erzählungen, Hörspiele, Aufsätze)』를 출간했다. 뵐의 시나리오에 따라 다큐멘터리 영화 「아일랜드와 그의 아이들(Irland und seine Kinder)」이 제작되었다. 잡지 《슈피겔》에서 작가 하인리히 뵐을 표지 기사화. 희곡 『한 모금의 흙(Ein Schluck Erde)』이 뒤셀도르프에서 초연되고 상반된 반응을 얻었다.

1962년 이야기 『전쟁이 났을 때(Als der Krieg ausbrach)』와 『전쟁이 끝났을 때(Als der Krieg zu Ende war)』를 발표했다.

1963년 소설 『어느 광대의 견해(Ansichten eines Clowns)』를 출간했다.

1964년 프랑크푸르트 대학에서 시학 강연. 자전적 체험을 다룬 이야기 『군대로부터의 이탈(Entfernung von der Truppe)』을 출간했다.

1966년 이야기 『출장의 끝(Ende der Dienstfahrt)』을 출간했다.

1967년 게오르크 뷔히너상 수상. 모음집 『에세이, 비평, 연설문(Aufsätze, Kritiken, Reden)』을 출간했다. 간염과 당뇨병으로 수개월간 병상 생활을 이어갔다.

1968년 본에서 비상계엄 선포에 반대하는 시위대 7만 명 앞에서 연설했다. 루이 아라공과 장 폴 사르트르와 함께 체코슬로바키아작가협회의 초대로 체코를 방문했다. 8월, 바르샤바 조약을 체결한 동구 국가들에 의해 체코의 개혁이 무참히 짓밟히는 '프라하의 봄'의 종말을 목격했다.

1969년 독일작가협회(VS) 창립을 위한 모임에서 "겸손의 끝(Ende der Bescheidenheit)"에 관해 연설했다.

1970년 제1차 독일작가협회 대회에서 빌리 브란트 앞에서 "외톨이들의 화합(Einigkeit der Einzelgänger)"에 관해 연설했다. 서독펜클럽 회장으로 선출되었다.

1971년 국제펜클럽 회장으로 선출되었다. 소설 『여인과 군상(Gruppenbild mit Dame)』을 출간했다.

1972년 테러리스트 체포와 관련하여 가택수색을 당했다. 9월 10일 노벨 문학상을 수상했다.

1973년 소련, 터키, 브라질 및 포르투갈 등 지식인과 작가를 박해하는 나라들에게 각성을 촉구했다.

1974년 러시아 작가 알렉산더 솔제니친이 체포, 추방되어 뵐의 집으로 피신했다. 이야기 『카타리나 블룸의 잃어버린 명예』를 출간했다.

1975년 『카타리나 블룸의 잃어버린 명예』가 폴커 슐렌도르프에 의해 영화화되었다.

1976년 가톨릭 교회를 떠났다.

1977년 기업가협회장 한스 마틴 슐레이어가 납치, 살해된 후 뵐과 지식인들에 반대하는 캠페인이 다시 시작되었다.

1978년 뵐이 속한 국제위원회가 대한민국 대통령에게 수년 전부터 투옥된 시인 김지하의 석방을 청원했다.

1979년 기자 루페르트 노이데크가 베트남 난민들을 위해 창립한 사설 원조 기구 '베트남을 위한 배(Schiff für Vietnam)'에 동참했다. 소설 『신변 보호(Fürsorgliche Belagerung)』를 출간했다. 12월, 에콰도르 여행. 여행 중 갑작스러운 혈관 질환으로 수술을 받았다.

1980년 서독에서 재수술. 볼리비아 여성 대표단과 대화를 나눈 뒤, 국제위원회가 쿠데타 이후 볼리비아를 지원하도록 지지 발언을 했다.

1981년 뵐의 전기 『이 젊은이는 무엇이 되어야 하는가? 혹은 책과 관련한 어떤 존재(Was soll aus dem Jungen bloß werden? Oder: Irgendwas mit Büchern)』를 출간했다. 유럽 작가들에게 중성자 폭탄과 재무장 반대를 위한 연대를 호소. 10월 10일, 본에서 열린 30만 명 규모의 평화 시위대 앞에서 연설했다.

1982년 본에서 열린 기자 회의에서 폴란드의 군사정부에 반대 시위. 아들 라이문트 사망. 11월 쾰른 시의 명예시민권을 수여받았다. 노르트라인 베스트팔렌 주의 교수 자격을 수여받았다.

1983년 소련의 당서기장에게 공개 서한을 보내 핵물리학자이자 노벨상 수상자인 안드레이 사하로프를 추방하지 말 것을 촉구했다. 녹색당 지지 선언.

1984년 1981년에서 1983년 사이에 발표한 에세이와 연설문 모음집 『항의와 지지(Ein-und Zusprüche)』를 출간했다. 쾰른 시가 뵐의 미출판 작품들을 구입했다.

1985년 7월 초 입원, 수술을 받았다. 7월 16일, 아이펠 지역인 랑겐브로이히에 있는 자택에서 사망했다. 소설 『강 풍경을 마주한 여인들(Frauen vor der Flußlandschaft)』이 뵐의 사망 직후 출판되었다. 7월 19일, 연방 대통령 리하르트 폰 바이체커를 포함한 수많은 시민, 동료, 정치가 들이 지켜보는 가운데 쾰른 근교 보른하임 메르텐에 묻혔다. 뵐의 사망 후 독일의 많은 학교가 뵐의 이름을 학교 이름으로 사용했다.

1987년 가족과 친구들의 발기로 쾰른 시가 '하인리히 뵐 재단'을 설립했다.

세계문학전집 180

카타리나 블룸의 잃어버린 명예

1판 1쇄 펴냄 2008년 5월 30일
1판 44쇄 펴냄 2024년 7월 23일

지은이 하인리히 뵐
옮긴이 김연수
발행인 박근섭, 박상준
펴낸곳 (주)민음사

출판등록 1966. 5. 19. (제 16-490호)
서울특별시 강남구 도산대로1길 62(신사동) 강남출판문화센터 5층 (우편번호 06027)
대표전화 02-515-2000 팩시밀리 02-515-2007
www.minumsa.com

한국어 판 © (주)민음사, 2008. Printed in Seoul, Korea

ISBN 978-89-374-6180-4 04800
ISBN 978-89-374-6000-5 (세트)

* 잘못 만들어진 책은 구입처에서 교환해 드립니다.

세계문학전집 목록

1·2 변신 이야기 오비디우스·이윤기 옮김 서울대 권장도서 100선
3 햄릿 셰익스피어·최종철 옮김 서울대 권장도서 100선 | 미국대학위원회 선정 SAT 추천도서
4 변신·시골의사 카프카·전영애 옮김 서울대 권장도서 100선
5 동물농장 오웰·도정일 옮김 미국대학위원회 선정 SAT 추천도서 | 《타임》 선정 현대 100대 영문소설
6 허클베리 핀의 모험 트웨인·김욱동 옮김 《뉴스위크》 선정 100대 명저
7 암흑의 핵심 콘래드·이상옥 옮김 미국대학위원회 선정 SAT 추천도서 | 《뉴스위크》 선정 10대 명저
8 토니오 크뢰거·트리스탄·베네치아에서의 죽음 토마스 만·안삼환 외 옮김 노벨 문학상 수상 작가
9 문학이란 무엇인가 사르트르·정명환 옮김
10 한국단편문학선 1 김동인 외·이남호 엮음 국립중앙도서관 선정 청소년 권장도서
11·12 인간의 굴레에서 서머싯 몸·송무 옮김
13 이반 데니소비치, 수용소의 하루 솔제니친·이영의 옮김 노벨 문학상 수상 작가
14 너새니얼 호손 단편선 호손·천승걸 옮김
15 나의 미카엘 오즈·최창모 옮김
16·17 중국신화전설 위앤커·전인초, 김선자 옮김
18 고리오 영감 발자크·박영근 옮김
19 파리대왕 골딩·유종호 옮김 노벨 문학상 수상 작가 | 《타임》 선정 현대 100대 영문소설
20 한국단편문학선 2 김동리 외·이남호 엮음
21·22 파우스트 괴테·정서웅 옮김 서울대 권장도서 100선 | 미국대학위원회 선정 SAT 추천도서
23·24 빌헬름 마이스터의 수업시대 괴테·안삼환 옮김
25 젊은 베르테르의 슬픔 괴테·박찬기 옮김 논술 및 수능에 출제된 책(1998~2005)
26 이피게니에·스텔라 괴테·박찬기 외 옮김
27 다섯째 아이 레싱·정덕애 옮김 노벨 문학상 수상 작가
28 삶의 한가운데 린저·박찬일 옮김
29 농담 쿤데라·방미경 옮김
30 야성의 부름 런던·권택영 옮김
31 아메리칸 제임스·최경도 옮김
32·33 양철북 그라스·장희창 옮김 노벨 문학상 수상 작가 | 서울대 권장도서 100선
34·35 백년의 고독 마르케스·조구호 옮김 노벨 문학상 수상 작가 | 서울대 권장도서 100선
36 마담 보바리 플로베르·김화영 옮김 서울대 권장도서 100선
37 거미여인의 키스 푸익·송병선 옮김
38 달과 6펜스 서머싯 몸·송무 옮김
39 폴란드의 풍차 지오노·박인철 옮김
40·41 독일어 시간 렌츠·정서웅 옮김
42 말테의 수기 릴케·문현미 옮김
43 고도를 기다리며 베케트·오증자 옮김 노벨 문학상 수상 작가 | 서울대 권장도서 100선
44 데미안 헤세·전영애 옮김 노벨 문학상 수상 작가
45 젊은 예술가의 초상 조이스·이상옥 옮김 서울대 권장도서 100선
46 카탈로니아 찬가 오웰·정영목 옮김
47 호밀밭의 파수꾼 샐린저·정영목 옮김 《타임》 선정 현대 100대 영문소설 | 미국대학위원회 선정 SAT 추천도서 | 《뉴스위크》 선정 100대 명저 | BBC 선정 꼭 읽어야 할 책
48·49 파르마의 수도원 스탕달·원윤수, 임미경 옮김
50 수레바퀴 아래서 헤세·김이섭 옮김 노벨 문학상 수상 작가 | 국립중앙도서관 선정 청소년 권장도서

51·52 **내 이름은 빨강** 파묵 · 이난아 옮김 노벨 문학상 수상 작가
53 **오셀로** 셰익스피어 · 최종철 옮김 서울대 권장도서 100선
54 **조서** 르 클레지오 · 김윤진 옮김 노벨 문학상 수상 작가
55 **모래의 여자** 아베 코보 · 김난주 옮김
56·57 **부덴브로크 가의 사람들** 토마스 만 · 홍성광 옮김 노벨 문학상 수상 작가
58 **싯다르타** 헤세 · 박병덕 옮김 노벨 문학상 수상 작가
59·60 **아들과 연인** 로렌스 · 정상준 옮김 《뉴스위크》 선정 100대 명저
61 **설국** 가와바타 야스나리 · 유숙자 옮김 노벨 문학상 수상 작가 | 서울대 권장도서 100선
62 **벨킨 이야기 · 스페이드 여왕** 푸슈킨 · 최선 옮김
63·64 **넙치** 그라스 · 김재혁 옮김 노벨 문학상 수상 작가
65 **소망 없는 불행** 한트케 · 윤용호 옮김 노벨 문학상 수상 작가
66 **나르치스와 골드문트** 헤세 · 임홍배 옮김 노벨 문학상 수상 작가
67 **황야의 이리** 헤세 · 김누리 옮김 노벨 문학상 수상 작가
68 **페테르부르크 이야기** 고골 · 조주관 옮김
69 **밤으로의 긴 여로** 오닐 · 민승남 옮김 노벨 문학상 수상 작가 | 미국대학위원회 선정 SAT 추천도서
70 **체호프 단편선** 체호프 · 박현섭 옮김
71 **버스 정류장** 가오싱젠 · 오수경 옮김 노벨 문학상 수상 작가
72 **구운몽** 김만중 · 송성욱 옮김 서울대 권장도서 100선 | 국립중앙도서관 선정 청소년 권장도서
73 **대머리 여가수** 이오네스코 · 오세곤 옮김
74 **이솝 우화집** 이솝 · 유종호 옮김 논술 및 수능에 출제된 책(1998~2005)
75 **위대한 개츠비** 피츠제럴드 · 김욱동 옮김 《타임》 선정 현대 100대 영문소설
76 **푸른 꽃** 노발리스 · 김재혁 옮김
77 **1984** 오웰 · 정회성 옮김 《타임》 선정 현대 100대 영문소설 | 《뉴스위크》 선정 100대 명저
78·79 **영혼의 집** 아옌데 · 권미선 옮김
80 **첫사랑** 투르게네프 · 이항재 옮김
81 **내가 죽어 누워 있을 때** 포크너 · 김명주 옮김 노벨 문학상 수상 작가
82 **런던 스케치** 레싱 · 서숙 옮김 노벨 문학상 수상 작가
83 **팡세** 파스칼 · 이환 옮김
84 **질투** 로브그리예 · 박이문, 박희원 옮김
85·86 **채털리 부인의 연인** 로렌스 · 이인규 옮김
87 **그 후** 나쓰메 소세키 · 윤상인 옮김
88 **오만과 편견** 오스틴 · 윤지관, 전승희 옮김 미국대학위원회 선정 SAT 추천도서
89·90 **부활** 톨스토이 · 연진희 옮김 논술 및 수능에 출제된 책(1998~2005)
91 **방드르디, 태평양의 끝** 투르니에 · 김화영 옮김
92 **미겔 스트리트** 나이폴 · 이상옥 옮김 노벨 문학상 수상 작가
93 **페드로 파라모** 룰포 · 정창 옮김
94 **차라투스트라는 이렇게 말했다** 니체 · 장희창 옮김 국립중앙도서관 선정 청소년 권장도서
95·96 **적과 흑** 스탕달 · 이동렬 옮김 국립중앙도서관 선정 청소년 권장도서
97·98 **콜레라 시대의 사랑** 마르케스 · 송병선 옮김 노벨 문학상 수상 작가 | BBC 선정 꼭 읽어야 할 책
99 **맥베스** 셰익스피어 · 최종철 옮김 서울대 권장도서 100선 | 미국대학위원회 선정 SAT 추천도서
100 **춘향전** 작자 미상 · 송성욱 풀어 옮김 서울대 권장도서 100선
101 **페르디두르케** 곰브로비치 · 윤진 옮김
102 **포르노그라피아** 곰브로비치 · 임미경 옮김
103 **인간 실격** 다자이 오사무 · 김춘미 옮김
104 **네루다의 우편배달부** 스카르메타 · 우석균 옮김

105·106 이탈리아 기행 괴테 · 박찬기 외 옮김
107 나무 위의 남작 칼비노 · 이현경 옮김
108 달콤 쌉싸름한 초콜릿 에스키벨 · 권미선 옮김
109·110 제인 에어 C. 브론테 · 유종호 옮김 BBC 선정 꼭 읽어야 할 책
111 크눌프 헤세 · 이노은 옮김 노벨 문학상 수상 작가
112 시계태엽 오렌지 버지스 · 박시영 옮김 《타임》 선정 현대 100대 영문소설 | 《뉴스위크》 선정 100대 명저
113·114 파리의 노트르담 위고 · 정기수 옮김 미국대학위원회 선정 SAT 추천도서
115 새로운 인생 단테 · 박우수 옮김
116·117 로드 짐 콘래드 · 이상옥 옮김 《뉴스위크》 선정 100대 명저
118 폭풍의 언덕 E. 브론테 · 김종길 옮김 미국대학위원회 선정 SAT 추천도서
119 텔크테에서의 만남 그라스 · 안삼환 옮김 노벨 문학상 수상 작가
120 검찰관 고골 · 조주관 옮김
121 안개 우나무노 · 조민현 옮김
122 나사의 회전 제임스 · 최경도 옮김 미국대학위원회 선정 SAT 추천도서
123 피츠제럴드 단편선 1 피츠제럴드 · 김욱동 옮김
124 목화밭의 고독 속에서 콜테스 · 임수현 옮김
125 돼지꿈 황석영
126 라셀라스 존슨 · 이인규 옮김
127 리어 왕 셰익스피어 · 최종철 옮김 서울대 권장도서 100선 | 《뉴스위크》 선정 100대 명저
128·129 쿠오 바디스 시엔키에비츠 · 최성은 옮김 노벨 문학상 수상 작가
130 자기만의 방 · 3기니 울프 · 이미애 옮김
131 시르트의 바닷가 그라크 · 송진석 옮김
132 이성과 감성 오스틴 · 윤지관 옮김
133 바덴바덴에서의 여름 치프킨 · 이장욱 옮김
134 새로운 인생 파묵 · 이난아 옮김 노벨 문학상 수상 작가
135·136 무지개 로렌스 · 김정매 옮김
137 인생의 베일 서머싯 몸 · 황소연 옮김
138 보이지 않는 도시들 칼비노 · 이현경 옮김
139·140·141 연초 도매상 바스 · 이운경 옮김 《타임》 선정 현대 100대 영문소설
142·143 플로스 강의 물방앗간 엘리엇 · 한애경, 이봉지 옮김 미국대학위원회 선정 SAT 추천도서
144 연인 뒤라스 · 김인환 옮김
145·146 이름 없는 주드 하디 · 정종화 옮김
147 제49호 품목의 경매 핀천 · 김성곤 옮김 《타임》 선정 현대 100대 영문소설
148 성역 포크너 · 이진준 옮김 노벨 문학상 수상 작가 | 퓰리처상 수상 작가
149 무진기행 김승옥
150·151·152 신곡(지옥편 · 연옥편 · 천국편) 단테 · 박상진 옮김 《뉴스위크》 선정 100대 명저
153 구덩이 플라토노프 · 정보라 옮김
154·155·156 카라마조프가의 형제들 도스토옙스키 · 김연경 옮김
157 지상의 양식 지드 · 김화영 옮김 노벨 문학상 수상 작가
158 밤의 군대들 메일러 · 권택영 옮김 퓰리처상 수상 작가
159 주홍 글자 호손 · 김욱동 옮김 서울대 권장도서 100선 | 미국대학위원회 선정 SAT 추천도서
160 깊은 강 엔도 슈사쿠 · 유숙자 옮김
161 욕망이라는 이름의 전차 윌리엄스 · 김소임 옮김
162 마사 퀘스트 레싱 · 나영균 옮김 노벨 문학상 수상 작가
163·164 운명의 딸 아옌데 · 권미선 옮김

165 **모렐의 발명** 비오이 카사레스 · 송병선 옮김
166 **삼국유사** 일연 · 김원중 옮김 서울대 권장도서 100선
167 **풀잎은 노래한다** 레싱 · 이태동 옮김 노벨 문학상 수상 작가
168 **파리의 우울** 보들레르 · 윤영애 옮김
169 **포스트맨은 벨을 두 번 울린다** 케인 · 이만식 옮김
170 **썩은 잎** 마르케스 · 송병선 옮김 노벨 문학상 수상 작가
171 **모든 것이 산산이 부서지다** 아체베 · 조규형 옮김 《타임》 선정 현대 100대 영문소설
172 **한여름 밤의 꿈** 셰익스피어 · 최종철 옮김 미국대학위원회 선정 SAT 추천도서
173 **로미오와 줄리엣** 셰익스피어 · 최종철 옮김 미국대학위원회 선정 SAT 추천도서
174·175 **분노의 포도** 스타인벡 · 김승욱 옮김 노벨 문학상 수상 작가 | 《타임》 선정 현대 100대 영문소설
176·177 **괴테와의 대화** 에커만 · 장희창 옮김
178 **그물을 헤치고** 머독 · 유종호 옮김 《타임》 선정 현대 100대 영문소설
179 **브람스를 좋아하세요...** 사강 · 김남주 옮김
180 **카타리나 블룸의 잃어버린 명예** 하인리히 뵐 · 김연수 옮김 노벨 문학상 수상 작가
181·182 **에덴의 동쪽** 스타인벡 · 정회성 옮김 노벨 문학상 수상 작가
183 **순수의 시대** 워튼 · 송은주 옮김 《뉴스위크》 선정 100대 명저 | 퓰리처상 수상작
184 **도둑 일기** 주네 · 박형섭 옮김
185 **나자** 브르통 · 오생근 옮김
186·187 **캐치-22** 헬러 · 안정효 옮김 《타임》 선정 현대 100대 영문소설
188 **숄로호프 단편선** 숄로호프 · 이항재 옮김 노벨 문학상 수상 작가
189 **말** 사르트르 · 정명환 옮김
190·191 **보이지 않는 인간** 엘리슨 · 조영환 옮김 《타임》 선정 현대 100대 영문소설
192 **왑샷 가문 연대기** 치버 · 김승욱 옮김 퓰리처상 수상 작가
193 **왑샷 가문 몰락기** 치버 · 김승욱 옮김 퓰리처상 수상 작가
194 **필립과 다른 사람들** 노터봄 · 지명숙 옮김
195·196 **하드리아누스 황제의 회상록** 유르스나르 · 곽광수 옮김
197·198 **소피의 선택** 스타이런 · 한정아 옮김 퓰리처상 수상 작가
199 **피츠제럴드 단편선 2** 피츠제럴드 · 한은경 옮김
200 **홍길동전** 허균 · 김탁환 옮김
201 **요술 부지깽이** 쿠버 · 양윤희 옮김
202 **북호텔** 다비 · 원윤수 옮김
203 **톰 소여의 모험** 트웨인 · 김욱동 옮김
204 **금오신화** 김시습 · 이지하 옮김
205·206 **테스** 하디 · 정종화 옮김 미국대학위원회 선정 SAT 추천도서 | BBC 선정 꼭 읽어야 할 책
207 **브루스터플레이스의 여자들** 네일러 · 이소영 옮김
208 **더 이상 평안은 없다** 아체베 · 이소영 옮김
209 **그레인지 코플랜드의 세 번째 인생** 워커 · 김시현 옮김 퓰리처상 수상 작가
210 **어느 시골 신부의 일기** 베르나노스 · 정영란 옮김
211 **타라스 불바** 고골 · 조주관 옮김
212·213 **위대한 유산** 디킨스 · 이인규 옮김 서울대 권장도서 100선 | BBC 선정 꼭 읽어야 할 책
214 **면도날** 서머싯 몸 · 안진환 옮김
215·216 **성채** 크로닌 · 이은정 옮김
217 **오이디푸스 왕** 소포클레스 · 강대진 옮김 서울대 권장도서 100선
218 **세일즈맨의 죽음** 밀러 · 강유나 옮김
219·220·221 **안나 카레니나** 톨스토이 · 연진희 옮김 서울대 권장도서 100선

222 **오스카 와일드 작품선** 와일드·정영목 옮김
223 **벨아미** 모파상·송덕호 옮김
224 **파스쿠알 두아르테 가족** 호세 셀라·정동섭 옮김 노벨 문학상 수상 작가
225 **시칠리아에서의 대화** 비토리니·김운찬 옮김
226·227 **길 위에서** 케루악·이만식 옮김 《타임》 선정 현대 100대 영문소설 | 《뉴스위크》 선정 100대 명저
228 **우리 시대의 영웅** 레르몬토프·오정미 옮김
229 **아우라** 푸엔테스·송상기 옮김
230 **클링조어의 마지막 여름** 헤세·황승환 옮김 노벨 문학상 수상 작가
231 **리스본의 겨울** 무뇨스 몰리나·나송주 옮김
232 **뻐꾸기 둥지 위로 날아간 새** 키지·정회성 옮김 《타임》 선정 현대 100대 영문소설
233 **페널티킥 앞에 선 골키퍼의 불안** 한트케·윤용호 옮김 노벨 문학상 수상 작가
234 **참을 수 없는 존재의 가벼움** 쿤데라·이재룡 옮김
235·236 **바다여, 바다여** 머독·최옥영 옮김
237 **한 줌의 먼지** 에벌린 워·안진환 옮김 《타임》 선정 현대 100대 영문소설
238 **뜨거운 양철 지붕 위의 고양이·유리 동물원** 윌리엄스·김소임 옮김 퓰리처상 수상작
239 **지하로부터의 수기** 도스토옙스키·김연경 옮김
240 **키메라** 바스·이운경 옮김
241 **반쪼가리 자작** 칼비노·이현경 옮김
242 **벌집** 호세 셀라·남진희 옮김 노벨 문학상 수상 작가
243 **불멸** 쿤데라·김병욱 옮김
244·245 **파우스트 박사** 토마스 만·임홍배, 박병덕 옮김 노벨 문학상 수상 작가
246 **사랑할 때와 죽을 때** 레마르크·장희창 옮김
247 **누가 버지니아 울프를 두려워하랴?** 올비·강유나 옮김
248 **인형의 집** 입센·안미란 옮김
249 **위폐범들** 지드·원윤수 옮김 노벨 문학상 수상 작가
250 **무정** 이광수·정영훈 책임 편집 서울대 권장도서 100선
251·252 **의지와 운명** 푸엔테스·김현철 옮김
253 **폭력적인 삶** 파솔리니·이승수 옮김
254 **거장과 마르가리타** 불가코프·정보라 옮김
255·256 **경이로운 도시** 멘도사·김현철 옮김
257 **야콥을 둘러싼 추측들** 욘존·손대영 옮김
258 **왕자와 거지** 트웨인·김욱동 옮김
259 **존재하지 않는 기사** 칼비노·이현경 옮김
260·261 **눈먼 암살자** 애트우드·차은정 옮김 《타임》 선정 현대 100대 영문소설
262 **베니스의 상인** 셰익스피어·최종철 옮김
263 **말리나** 바흐만·남정애 옮김
264 **사볼타 사건의 진실** 멘도사·권미선 옮김
265 **뒤렌마트 희곡선** 뒤렌마트·김혜숙 옮김
266 **이방인** 카뮈·김화영 옮김 노벨 문학상 수상 작가 | 미국대학위원회 선정 SAT 추천도서
267 **페스트** 카뮈·김화영 옮김 노벨 문학상 수상 작가 | 국립중앙도서관 선정 청소년 권장도서
268 **검은 튤립** 뒤마·송진석 옮김
269·270 **베를린 알렉산더 광장** 되블린·김재혁 옮김
271 **하얀 성** 파묵·이난아 옮김 노벨 문학상 수상 작가
272 **푸슈킨 선집** 푸슈킨·최선 옮김
273·274 **유리알 유희** 헤세·이영임 옮김 노벨 문학상 수상 작가

275 픽션들 보르헤스·송병선 옮김 서울대 권장도서 100선
276 신의 화살 아체베·이소영 옮김
277 빌헬름 텔·간계와 사랑 실러·홍성광 옮김
278 노인과 바다 헤밍웨이·김욱동 옮김 노벨 문학상 수상 작가 | 퓰리처상 수상작
279 무기여 잘 있어라 헤밍웨이·김욱동 옮김 미국대학위원회 선정 SAT 추천도서
280 태양은 다시 떠오른다 헤밍웨이·김욱동 옮김 《타임》 선정 현대 100대 영문 소설
281 알레프 보르헤스·송병선 옮김
282 일곱 박공의 집 호손·정소영 옮김
283 에마 오스틴·윤지관, 김영희 옮김
284·285 죄와 벌 도스토옙스키·김연경 옮김 미국대학위원회 선정 SAT 추천도서
286 시련 밀러·최영 옮김
287 모두가 나의 아들 밀러·최영 옮김
288·289 누구를 위하여 종은 울리나 헤밍웨이·김욱동 옮김 노벨 문학상 수상 작가
290 구르브 연락 없다 멘도사·정창 옮김
291·292·293 데카메론 보카치오·박상진 옮김
294 나누어진 하늘 볼프·전영애 옮김
295·296 제브데트 씨와 아들들 파묵·이난아 옮김 노벨 문학상 수상 작가
297·298 여인의 초상 제임스·최경도 옮김 미국대학위원회 선정 SAT 추천도서
299 압살롬, 압살롬! 포크너·이태동 옮김 노벨 문학상 수상 작가
300 이상 소설 전집 이상·권영민 책임 편집
301·302·303·304·305 레 미제라블 위고·정기수 옮김
306 관객모독 한트케·윤용호 옮김 노벨 문학상 수상 작가
307 더블린 사람들 조이스·이종일 옮김
308 에드거 앨런 포 단편선 앨런 포·전승희 옮김 미국대학위원회 선정 SAT 추천도서
309 보이체크·당통의 죽음 뷔히너·홍성광 옮김
310 노르웨이의 숲 무라카미 하루키·양억관 옮김
311 운명론자 자크와 그의 주인 디드로·김희영 옮김
312·313 헤밍웨이 단편선 헤밍웨이·김욱동 옮김 노벨 문학상 수상 작가
314 피라미드 골딩·안지현 옮김 노벨 문학상 수상 작가
315 닫힌 방·악마와 선한 신 사르트르·지영래 옮김
316 등대로 울프·이미애 옮김 《타임》 선정 현대 100대 영문소설 | 《뉴스위크》 선정 100대 명저
317·318 한국 희곡선 송영 외·양승국 엮음
319 여자의 일생 모파상·이동렬 옮김
320 의식 노터봄·김영중 옮김
321 육체의 악마 라디게·원윤수 옮김
322·323 감정 교육 플로베르·지영화 옮김
324 불타는 평원 룰포·정창 옮김
325 위대한 몬느 알랭푸르니에·박영근 옮김
326 라쇼몬 아쿠타가와 류노스케·서은혜 옮김
327 반바지 당나귀 보스코·정영란 옮김
328 정복자들 말로·최윤주 옮김
329·330 우리 동네 아이들 마흐푸즈·배혜경 옮김 노벨 문학상 수상 작가
331·332 개선문 레마르크·장희창 옮김
333 사바나의 개미 언덕 아체베·이소영 옮김
334 게걸음으로 그라스·장희창 옮김 노벨 문학상 수상 작가

335 **코스모스** 곰브로비치 · 최성은 옮김
336 **좁은 문 · 전원교향곡 · 배덕자** 지드 · 동성식 옮김 노벨 문학상 수상 작가
337·338 **암 병동** 솔제니친 · 이영의 옮김 노벨 문학상 수상 작가
339 **피의 꽃잎들** 응구기 와 시옹오 · 왕은철 옮김
340 **운명** 케르테스 · 유진일 옮김 노벨 문학상 수상 작가
341·342 **벌거벗은 자와 죽은 자** 메일러 · 이운경 옮김 퓰리처상 수상 작가
343 **시지프 신화** 카뮈 · 김화영 옮김 노벨 문학상 수상 작가
344 **뇌우** 차오위 · 오수경 옮김
345 **모옌 중단편선** 모옌 · 심규호, 유소영 옮김 노벨 문학상 수상 작가
346 **일야서** 한사오궁 · 심규호, 유소영 옮김
347 **상속자들** 골딩 · 안지현 옮김 노벨 문학상 수상 작가
348 **설득** 오스틴 · 전승희 옮김
349 **히로시마 내 사랑** 뒤라스 · 방미경 옮김
350 **오 헨리 단편선** 오 헨리 · 김희용 옮김
351·352 **올리버 트위스트** 디킨스 · 이인규 옮김
353·354·355·356 **전쟁과 평화** 톨스토이 · 연진희 옮김
357 **다시 찾은 브라이즈헤드** 에벌린 워 · 백지민 옮김
358 **아무도 대령에게 편지하지 않다** 마르케스 · 송병선 옮김
359 **사양** 다자이 오사무 · 유숙자 옮김
360 **좌절** 케르테스 · 한경민 옮김 노벨 문학상 수상 작가
361·362 **닥터 지바고** 파스테르나크 · 김연경 옮김 노벨 문학상 수상 작가
363 **노생거 사원** 오스틴 · 윤지관 옮김
364 **개구리** 모옌 · 심규호, 유소영 옮김 노벨 문학상 수상 작가
365 **마왕** 투르니에 · 이원복 옮김 공쿠르상 수상 작가
366 **맨스필드 파크** 오스틴 · 김영희 옮김
367 **이선 프롬** 이디스 워튼 · 김욱동 옮김 퓰리처상 수상 작가
368 **여름** 이디스 워튼 · 김욱동 옮김 퓰리처상 수상 작가
369·370·371 **나는 고백한다** 자우메 카브레 · 권가람 옮김
372·373·374 **태엽 감는 새 연대기** 무라카미 하루키 · 김난주 옮김
375·376 **대사들** 제임스 · 정소영 옮김
377 **족장의 가을** 마르케스 · 송병선 옮김 노벨 문학상 수상 작가
378 **핏빛 자오선** 매카시 · 김시현 옮김
379 **모두 다 예쁜 말들** 매카시 · 김시현 옮김
380 **국경을 넘어** 매카시 · 김시현 옮김
381 **평원의 도시들** 매카시 · 김시현 옮김
382 **만년** 다자이 오사무 · 유숙자 옮김
383 **반항하는 인간** 카뮈 · 김화영 옮김 노벨 문학상 수상 작가
384·385·386 **악령** 도스토옙스키 · 김연경 옮김
387 **태평양을 막는 제방** 뒤라스 · 윤진 옮김
388 **남아 있는 나날** 가즈오 이시구로 · 송은경 옮김
389 **앙리 브륄라르의 생애** 스탕달 · 원윤수 옮김
390 **찻집** 라오서 · 오수경 옮김
391 **태어나지 않은 아이를 위한 기도** 케르테스 · 이상동 옮김 노벨 문학상 수상 작가
392·393 **서머싯 몸 단편선** 서머싯 몸 · 황소연 옮김
394 **케이크와 맥주** 서머싯 몸 · 황소연 옮김

395 월든 소로 · 정회성 옮김
396 모래 사나이 E. T. A. 호프만 · 신동화 옮김
397·398 검은 책 오르한 파묵 · 이난아 옮김 노벨 문학상 수상 작가
399 방랑자들 올가 토카르추크 · 최성은 옮김 노벨 문학상 수상 작가
400 시여, 침을 뱉어라 김수영 · 이영준 엮음
401·402 환락의 집 이디스 워튼 · 전승희 옮김
403 달려라 메로스 다자이 오사무 · 유숙자 옮김
404 아버지와 자식 투르게네프 · 연진희 옮김
405 청부 살인자의 성모 바예호 · 송병선 옮김
406 세피아빛 초상 아옌데 · 조영실 옮김
407·408·409·410 사기 열전 사마천 · 김원중 옮김 서울대 권장도서 100선
411 이상 시 전집 이상 · 권영민 책임 편집
412 어둠 속의 사건 발자크 · 이동렬 옮김
413 태평천하 채만식 · 권영민 책임 편집
414·415 노스트로모 콘래드 · 이미애 옮김
416·417 제르미날 졸라 · 강충권 옮김
418 명인 가와바타 야스나리 · 유숙자 옮김 노벨 문학상 수상 작가
419 핀처 마틴 골딩 · 백지민 옮김 노벨 문학상 수상 작가
420 사라진 · 샤베르 대령 발자크 · 선영아 옮김
421 빅 서 케루악 · 김재성 옮김
422 코뿔소 이오네스코 · 박형섭 옮김
423 블랙박스 오즈 · 윤성덕, 김영화 옮김
424·425 고양이 눈 애트우드 · 차은정 옮김
426·427 도둑 신부 애트우드 · 이은선 옮김
428 슈니츨러 작품선 슈니츨러 · 신동화 옮김
429·430 세계의 끝과 하드보일드 원더랜드 무라카미 하루키 · 김난주 옮김
431 멜랑콜리아 I–II 욘 포세 · 손화수 옮김 노벨 문학상 수상 작가
432 도적들 실러 · 홍성광 옮김
433 예브게니 오네긴 · 대위의 딸 푸시킨 · 최선 옮김
434·435 초대받은 여자 보부아르 · 강초롱 옮김
436·437 미들마치 엘리엇 · 이미애 옮김
438 이반 일리치의 죽음 톨스토이 · 김연경 옮김
439·440 캔터베리 이야기 초서 · 이동일, 이동춘 옮김
441·442 아소무아르 졸라 · 윤진 옮김
443 가난한 사람들 도스토옙스키 · 이항재 옮김

세계문학전집은 계속 간행됩니다.